ぼくの中にある光

カチャ・ベーレン 作
原田 勝 訳

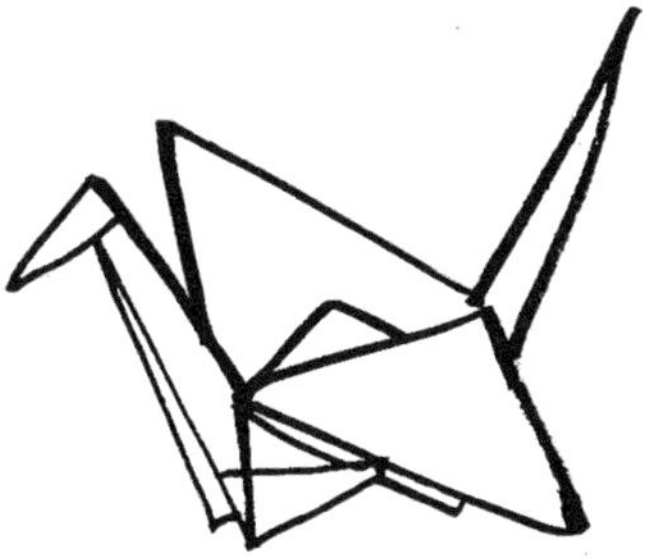

岩波書店

いつも正しい
ルーシー・マッケイ＝シムに

First published 2022 by Bloomsbury Publishing Plc, London.
This Japanese edition published 2024 by Iwanami Shoten, Publishers, Tokyo
by arrangement with the author c/o Felicity Bryan Ltd, Oxford
through Tuttle-Mori Agency, Inc., Tokyo.

装画　シドニー・スミス

ぼくの中にある光

ゾフィア

わたしは嵐《あらし》の日に生まれた。稲妻《いなずま》がビリビリと空を切りさき、雷《かみなり》が海にとどろいていた。雨が崖《がけ》に打ちつけ、まるで世界がひっくりかえって、海がそっくり空からふってくるようだった。空も海も荒《あ》れくるい、わたしも荒れくるった。助産師《じょさんし》さんは、こんなに怒《おこ》ってる赤ちゃんは見たことがないと言ったらしい。この時のわたしの写真はみんな、顔をまっ赤《か》にした怒《いか》りのかたまりのようで、こぶしをにぎりしめ、口を大きくあけてさけんでいる。まるで外の嵐が体の中に入りこんで吹《ふ》きあれてるみたいに。今も、わたしが大声でさけんだり、わめいたり、さわいだりすると、お父さんは、おまえの中に嵐が入りこんだみたいだと言う。そして、わたしにはそういうことがしょっちゅうある。でもほんとうは、稲妻や雷はもともとわたしの中にあって、それがのびをして目をさましてるだけのような気がする。嵐はまたねむっちゃうこともあるけど、なかなかねむらないこともあって、そんな時お父さんは、**今日は大荒れだな**、と言う。

お父さんとわたしは二人でひと組。おなじさやのエンドウ豆ってやつだ。どっちか一人だとやってけない。ケージの中の二匹《ひき》のモルモット。なにかに書いてあったけど、モルモットは一匹《ぴき》だけで飼《か》っちゃいけないらしい。さみしくて死んじゃうから。スイスではほんとうに法律《ほうりつ》で禁止《きんし》されてる。モルモットを一匹だけで飼った罪《つみ》で刑務所《けいむしょ》に送られて何日もとじこめられるなんて想像《そうぞう》できないけど、どうやらそういうことみたい。とにかく、モルモットは一匹だとさみしくて死んじゃうくせに、もう一匹をおなじおりに入れていっしょに飼おうとすると、もとからいたやつがあとから入れたやつをおそって、頭をかみきったりすることがあるんだって。わたしは犬一匹、猫《ねこ》一匹で満足《まんぞく》だ。

お父さんが好《す》きなものはわたしとほとんどおなじ。わたしとちがって、大きな音のする音楽や、金色のドクターマーチンのブーツや、オレオを一度に二十枚《まい》食べるのは好きじゃない。でも、海やジョークや、どうしようもなくくだらないテレビ番組や、からい食べものや、グラフィックノベルは大好きだ。じつはオレオだって好きかもしれないけど、それがわかる前にいつもわたしが先に食べちゃう。

お父さんとわたしが住んでる小さな家は、ななめにかたむいた石かべに、まっ黄色の玄関《げんかん》ドアがついていて、家の前にはありとあらゆる野生の花が咲《さ》いている。窓《まど》から外を見たり、庭に立ったり、ちょっと目を上げたりするだけで、海が見えるだけじゃなくて、波の音やにおい、味だってわかる時がある。

まるで絵本からぬけだしてきたような家だ。玄関《げんかん》ドアはバラでかこまれていて、小さいころは、よく親友のドモと二人で、そのバラの花びらから魔法《まほう》の薬を作ってた。黄色いドアにつづく小道はカーブしてる。本に出てくるこういう家には、たいていお母さんとお父さんと女の子が住んでいて、スリッパをくわえてくる犬がいて、一家はささやかだけど幸せな毎日を送っている。わたしの家もそんな感じ。でも、うちの犬はスリッパをくわえてるっていうより、食べてるって言ったほうがいいし、お母さんはわたしが赤ちゃんの時に死んでしまった。でも、あとは、ちょうどそんな感じ。

わたしはこの暮《く》らしを、これっぽっちも変《か》えたくない。

トム

まわりの暗闇《くらやみ》は光だらけだ。そう自分に言いきかせる。カーテンのすぐむこうには街灯《がいとう》のギラギラしたオレンジ色の光がある。ドアの下のすきまから、やさしい黄色い光がカーペットの上にこぼれている。むかいのかべのコンセントにさした充電器《じゅうでんき》の赤い光がゆっくり点滅《てんめつ》している。

でも、ぼくのまわりの空気は、すすとインクと影《かげ》でよごれてる。影たちは身をくねらせてそっと動き、手をのばしてつかみかかってくる。はいまわり、いつのまにか姿《すがた》を変《か》え、輪郭《りんかく》がぼやけて広がってくる。ぼくの指が思わずぴくりと動く。暗くてきたない空気を肺《はい》いっぱいにすいこむ。ゆっくり息をして黒い影を押《お》しもどそうとする。ぼくは光そのものだ。心臓《しんぞう》が胸《むね》の中でつめを立てる。目にうつる影を数える。

一、二、三……

かべの上をはいまわり、うずをまいている影《かげ》は、ただの形だ。黒い色でできた角と線の集まり。形はおそってこない。中身がない。暗闇《くらやみ》は人をきずつけることができない。

四、五……

でも、闇《やみ》にかくれているものにはその力がある。

六……

心臓《しんぞう》が焼《や》けつきそうだ。

顔のまわりをコウモリみたいにバサバサ飛《と》びまわる黒い無《む》の中に手をのばし、すぐ横にあるスイッチを入れる。

光。

光が流れて、広がって、あふれる。光は闇《やみ》をまるのみして小さくし、部屋のすみでくすぶるわずかな影《かげ》にもどす。机《つくえ》の上においてあるガラスのプリズムを通った光が、かべの上で虹《にじ》になっておどる。ぼくは数を数えるのをやめて色をとなえる。友だちをよぶように色の名前をつづけてつぶやく。言葉を切らずに次々と。

あかきいろみどりあおあいむらさき。

あかときいろとみどりとあおとあいとむらさき。

赤と黄色と緑と青と藍《あい》と紫《むらさき》。

ドクンドクンと肋骨《ろっこつ》にひびいていた心臓《しんぞう》の音が、少し落ちついてきた。

ベッド横の小さなテーブルの上の時計を軽くたたくと、文字盤《もじばん》が光る。ラーヴァランプ〈着色した液体の中で浮遊物が動き、ゆれる光を放つ照明器具〉の中でゆらゆらと光がゆれる。部屋には六種類《しゅるい》の照明《しょうめい》がある。

ぜんぶ消してがまんできた最長記録《さいちょうきろく》は一分十三秒。

正方形の紙をとりだして折《お》る。指が折り方をおぼえていて、どんな形にするのか考える必要《ひつよう》さえない。ゆっくりとていねいに折っていくうちに、手の動きに脈拍《みゃくはく》がかさなり、紙の星が折りあがるころには、なにもかもが、また一定のリズムをきざんでいる。

羽毛《うもう》ぶとんをあごまで引っぱりあげ、顔をラーヴァランプにむける。目をとじてもまっ暗じゃなくて、まるで打ちあげ花火みたいに色とりどりの光がまぶたの上から照《て》らしている。

朝、学校へ行くころには太陽が空に浮《う》かんでいる。闇《やみ》は部屋のすみに逃《に》げこんだだけだ。

ゾフィア

波がくずれて砂浜《すなはま》をなめはじめるあたりに立つ。はだしのつま先をもぞもぞ動かして砂に足あとをつけると、そのくぼみめがけて海水がいきおいよく流れこんでくる。そしてあっというまに、わたしがそこにいたことさえわからなくなる。

波にむかってかけだし、魚のようにするりと波の下にもぐる。水と光がわたしを銀に変《か》える。海は耳の奥《おく》でうなり、砂《すな》にあたってくだけ、肌《はだ》をしょっぱくする。なめらかな波の毛布《もうふ》の下に広がる別世《べっせ》界《かい》で、わたしは宙《ちゅう》がえりしてむきを変え、体をひねる。銀色の小魚たちが足の指のあいだをすばやくくぐりぬけ、海藻《かいそう》のリボンが足首にからみついておどる。海面にガバッと頭を出し、空の下で息をすると、今までとちがう新しいゾフィアになった気がする。胸《むね》の中でドクドク音をたてはじめていた痛《いた》みや悩《なや》みを、塩《しお》からい海のしぶきがこそげおとしてくれる。

まだ小さな赤ちゃんだったころ、ポーランドにいるバプチャは、しきりにわたしに洗礼《せんれい》を受けさせたがったのに、お母さんとお父さんはことわっていたらしい。じつは、バプチャは、こういうことをさせたかったのかもしれない。まあ、たぶん、ほんとうの洗礼とはちょっとちがうんだろうけど。でもわたしは、むかついたり、いらついたり、さみしさがネズミみたいにちらっと顔をのぞかせてがまんできなくなったりすると、家から砂浜《すなはま》にかけおりて、しょっぱい海の水でそういう気分をすっかり洗《あら》いながす。海はわたしの部屋の窓《まど》から見える。音も聞こえるし、においもする。もっと小さいころは、海は友だち、って言ってた。今はもう海とは友だちになれないってわかってるけど、やっぱり、なんとなくそんなふうに思う。

立ち泳ぎをする。沖《おき》には、暗い空をバックにわたしのいちばんの強敵《きょうてき》がぼうっと浮《う》かんでいる。前にドモがこう言った。あの岩はまるで大きな口で波をかみくだいてるみたいなのに、名前がふざけてるって。フィジー。岩礁《がんしょう》はフィジーって呼《よ》ばれてる。フィジーは、あたたかい青い海にかこまれた美しい熱帯《ねったい》の島国だ。なにもかも正反対のあの岩にフィジーなんて名前をつけたのは、たぶん、ウケをねらったんだろうけど、わたしにはピンと来ない。とにかくみんながそう呼ぶから、フィジーって名前になった。そして、わたしの手強《てごわ》い敵だ。今年こそ征服《せいふく》してやる。あそこまで泳いでいって岩の上に立ち、空にむかってさけぶんだ。一日もかかさず泳いで、毎日少しずつ速くなり、毎日少しずつ強くなって、少しずつ近づいてやる。

波うちぎわで砂《すな》に手をついて立ちあがろうとしていると、ドモの声が聞こえてきた。いつもの、ハイエナとアホウドリを足して二で割《わ》ったような声だ。これを聞くと、どうしてもつられて笑《わら》ってしまう。そしてハリーマの声も聞こえてきた。わたしはまばたきして目に入ってくる砂《すな》と風をはらった。

ドモはなにか大きなものをもっている。目をこらして見ていると、ドモはそれを広げて走りだした。風をとらえて一気にまいあがったのは、鳥の形をした凧《たこ》だ。凧は空の上でおどっている。

ドモが凧《たこ》を飛《と》ばしてる。ハリーマと二人で。わたしぬきで。耳の奥《おく》で風がうなり、胸《むね》の中でハリケーンがうずをまきはじめる。

ドモがわたしに気づいて手をふった。なにかさけんでるけど、風が言葉を吹《ふ》きとばす。よたよたと歩いてくるドモのうしろで、凧《たこ》が怒《おこ》った馬みたいにはねあがったかと思うと、さっとおりてくる。わたしもあんなふうになりたい。吹きおろす風のうずの中に飛《と》びこんでいきたい。空中で身をよじって、大声でわめきたい。ドモはわたしと遊びたくなくて、仲間《なかま》はずれにしてるんだ。いつもはなんでも二人でしてるのに。わたしとお父さんのように。

ようやくわたしの前までやってきたドモは、にこにこしたまま、**さっき二人で迎《むか》えに行ったのに、いなかったのは海に入ってたからなんだね、ゾフィアもやってみる？**と言った。わたしの心は一気に軽くなり、どんな風にはこばれるより高く舞《ま》いあがる。

トム

ママは、いつも学校までぼくを迎《むか》えに来られるわけじゃない。病院ではたらいてるお医者さんで、時間が不規則《ふきそく》だからだ。おなじクラスのぼく以外《いがい》の子は、みんな家まで歩いて帰る。ぼくだって、できればそうしたい。でも、できない。歩いて帰ることより、家に帰って暗がりでじっとすわってるのがいやで、もっといやなのは、うす暗くなっていく冬の夕方に、だれもいないアパートの部屋に帰ることだ。だから学童クラブで時間をつぶす。でも、だれともしゃべらないし、だれも話しかけてこない。

最悪《さいあく》なのはママが夜勤《やきん》の時。そういう日は、下の部屋に住んでるアダムズさんの奥《おく》さんがうちに泊《と》まりにくる。やさしくて親切な人だけど、八時にぼくの部屋の明かりを消してしまう。ぼくがまたつけると、アダムズさんはそれが気にいらなくて、明るいままだとねむれないから、大きくて強い人になれないと言う。ぼくは、部屋がまっ暗だとまわりから影《かげ》が忍《しの》びよってきて肌《はだ》にまとわりつくから、ぜんぜんねむれないんだ、と説明《せつめい》しようとする。でも、アダムズさんは聞いてくれず、そのたびにカチリとスイッチを切ってもとにもどしてしまう。もとの暗闇《くらやみ》に。

ゾフィア

今日は海が冷《つめ》たい。だから泳がない。波が泡《あわ》だってるし、空は荒《あ》れもようで雨は上がりそうにない。ウェットスーツを着ていてもくちびるが紫色《むらさきいろ》になりそう。なにか考えなきゃ。これからは寒くなっていくばっかりなんだから。

バスタブの蛇口《じゃぐち》をひねり、あふれた水が床板《ゆかいた》のすきまに流れこむまで、いっぱいに水をためる。手をつっこんでかきまわすと、水が海のように波だってささやきはじめる。

ウェットスーツを着て、お父さんの古いプラスチック製《せい》のストップウォッチをもち、バスタブに入る。水が冷《つめ》たくて歯が勝手にカタカタ鳴り、足がぶるぶるふるえる。氷のように冷たい水に体がかっと熱《あつ》くなる。何度か深く息をすい、あばれる心臓《しんぞう》をなだめ、歯を食いしばって体をしずめる。

一、二、三……

目をあけると、ゆれる水面を通して天井《てんじょう》がぼんやり見える。

四、五、六……

肺《はい》はいっぱいなのに空っぽで、肌《はだ》に電気が走る。

七、八、九……
血管《けっかん》の中を冷《つめ》たさが矢のようにかけめぐる。
十、十一、十二……
息が苦しい息が苦しい息が苦しい。十三……

ガバッと水の中から顔を出して何度も大きく空気を飲みこむと、酸素《さんそ》が全身の血管《けっかん》に行きわたるのがわかる。

十三秒じゃ話にならない。体をふいて、古いノートのあまってるページに「13」と書く。明日はもっと長くもぐろう。

トム

昨日《きのう》の夜は、明るくした部屋でフクロウを十三羽《わ》折《お》ってからじゃないとねむれなかった。フクロウは、色とりどりの折り紙でいっぱいの段《だん》ボール箱に入れた。

折《お》り紙《がみ》を折って集中しないと手のふるえが止まらない。毎晩《まいばん》、おなじことのくりかえし。夜が最悪《さいあく》なのは、忍《しの》びよってくる暗闇《くらやみ》がこわくて、あれこれいらないことを考えてしまうから。

そして、ここは安全じゃない、と頭の中で声がする。その声が煙《けむり》のようにうずをまいて、今は幸せかもしれないけど、いつまでもつづかないぞ、とささやく。つづくわけがない、あの人はまたいつかやってくる、と。

朝の光の中だと、そういう考えを吹《ふ》きとばすのは少し楽だ。お父さんは、もう、ここへは来られない、そう自分に言いきかせられる。だいじょうぶ。今すぐこの暮《く》らしを変《か》える必要《ひつよう》なんてない。

ゾフィア

お風呂場《ふろば》の床《ゆか》のことではもう何度もあやまったし、**ぬれた床板《ゆかいた》はそのうちくさる、穴《あな》があいて猫《ねこ》が落ちるぞ**、って話もいやになるくらい聞かされてる。バスタブの中のふしぎな水中世界には、どうにか十六秒までもぐっていられた。それをノートに書いてから、寒い海岸へ出ていく。そのあいだに床板も少しかわくだろう。

浜《はま》はすごいことになっていた。風が海の水を引きちぎり、波の上一面に紙吹雪《かみふぶき》みたいな白い泡《あわ》がちっている。海は大荒れで、海岸にはわたししかいない。塩《しお》からいしぶきが髪《かみ》をなびかせ、肌《はだ》にポツポツあたってくる。フィジーに目をやると、ぼろぼろの旗《はた》がたくさん風にはためいていた。夕方のぼんやりした光の中でもくっきり見える旗がある。色あせていて、ひるがえったかと思うと空の色にとけてしまう旗もある。わたしが生まれる前から立ってる旗。お父さんが生まれる前から立ってる旗。バブチャが生まれる前から立ってる旗もある。バブチャはポーランド語でおばあちゃん。そして、ひいおばあちゃんのプラバブチャが生まれる前から立ってる旗もある。

ほんとうに古い旗《はた》はほとんど嵐《あらし》で吹《ふ》きとばされ、塩《しお》からいしぶきでぼろぼろになり、鳥にぬすまれて巣作《すづく》りに使われてしまった。それでもまだ、何百という布《ぬの》がさざ波のようにはためいていて、まるで海から虹色《にじいろ》の波がもりあがってるみたい。そして、あの中にわたしの旗はない。

三つはお父さんが立てた旗で、前にお父さんは、自分がやりとげたもっとも大きな、もっとも勇敢《ゆうかん》なことだ、とわたしに言ったことがある。お父さんがポーランドから来たばかりのころ、まわりはなじみのない新しいことだらけだったけど、海だけはやっぱり海で、毎日かかさず泳いで、毎日少しずつ、ここが自分の居場所《いばしょ》だと思えるようになっていったらしい。あの岩まで泳げたなら、海と空と崖《がけ》と砂《すな》とこの新しい土地の一部になれるとわかっていた、とお父さんは言った。岩にたどりついた時の気持ちは、わたしが生まれた時の次に最高《さいこう》だったと。わたしもそんな気持ちになってみたい。お父さんに、フィジーの岩の上に立つわたしを見て、よくやったって思ってもらいたい。

それには期限《きげん》がある。毎年、わたしが通っている小学校では、最上級生《さいじょうきゅうせい》が中学校に上がる前に、海岸で一日かけてサーフィンとヨットと人命救助《きゅうじょ》と潮《しお》の流れにさからって泳ぐ方法《ほうほう》を習う。砂浜《すなはま》でやるパーティーみたいなもので、それがすむと、みんなバスで町の中学に通うことになり、クラスもばらばらになってしまう。家族もみんな見にくる。その日こそ、わたしがどこまで泳げるかお父さんに見せ、フィジーに旗《はた》を立てる日だ。

トム

ぼくはこのアパートが好《す》きだ。せまいけどぼくらの家だし、二人で住むにはちょうどいい。かべはぬりなおしちゃいけないことになってるからまっ白のままだけど、それはかまわない。ここに引《ひ》っ越《こ》してきたのは二年前、お父さんが出ていったきりになってからだ。お父さんとママが別《わか》れる前は一軒家《いっけんや》に住んでいた。部屋はたくさんあったのに、ぜんぜん広く感じなかったのは、家のどこにいてもお父さんのことが気になって、ぼくはどんどんちぢこまっていったから。今も、ぼくはもとの大きさにもどりきれてない気がする。あの家には使われてない部屋がたくさんあって、ぼくらは寒くてうす暗い寝室《しんしつ》のひとつに逃《に》げこみ、ママはぼくが寝《ね》ていると思うとよく泣《な》いたし、かべのむこうからはどなり声が聞こえてた。ぼくは小さくなって静《しず》かにしてたけど、お父さんは必《かなら》ずぼくらを見つけた。

今はかべに色あざやかな絵がかかっていて、ソファはまっ赤《か》でふかふかだ。洗面台《せんめんだい》の横には、ぼくが小さいころ描《か》いた絵が額《がく》に入れてかざってある。なにもかもおいてこなくちゃならなかったのに、ママはどうにかしてこの絵だけはもってきた。たぶん職場《しょくば》においてあったんだろう。

アパートのキッチンはすごくせまい。でも、ぼくが選《えら》んだ明るいオレンジ色の鍋《なべ》がならび、冷蔵庫《れいぞうこ》にはぼくの好《す》きなものがたくさん入っていて、食べたい時に食べられる。ぼくの小さな部屋は照明《しょうめい》と電気コードと紙だらけで、自分のものをどこでも好《す》きなところにおいていい。机《つくえ》の上にきちんとならべておいたものは、帰ってきてもそのままだとわかってる。

お父さんは、ぼくが作った折《お》り紙《がみ》の鳥をびりびりにやぶいたことがあった。すごくたくさんあったのに。何時間もかけて、一羽《わ》ずつていねいに折ったのに。天井《てんじょう》からつるしたら、暗闇《くらやみ》でもはっきり見えるんじゃないかと思ってたのに。おなじ形をしたまっ白な鳥の群《む》れが、机《つくえ》の上に、そして床《ゆか》一面に広がり、今にも紙の翼《つばさ》をふるわせて飛《と》びたちそうだったのに。お父さんはそれを見てぼくをどなりつけた。部屋をちらかすな。女の子のやることだ。こんなものを作るやつはいくじなしだ。おまえはいくじなしだと。そして一羽残《のこ》らず引きちぎり、ぼくの部屋のカーペットは、一面、羽毛《うもう》のような紙くずでまっ白になった。ぼくはその残骸《ざんがい》を掃除機《そうじき》ですいながら、鳥たちがお父さんに殺《ころ》されたような気がしてた。その時から指がふるえだし、ふるえを止めるには折《お》り紙《がみ》をどんどん折るしかなくて、でも、とてもそんなわけにはいかないからふるえは止まらず、お父さんはまたどなった。

ソフィア

お父さんとわたしは、海岸から家まで上がってくるまがりくねった小道を歩いてる。今日は海が紫色《むらさきいろ》だ。歩いてるところから石を投げて水切りをしようとしたら、遠すぎて、石は砂《すな》の上にくぐもった音をたてて落ちただけだった。水切りにうってつけのまるくて平たい石だったのに。わたしは砂浜《すなはま》にかけおり、ヒースの枝《えだ》に足をとられてころんだけど、石はちゃんと見つけた。走ってもどってきた時には全身しめった砂だらけで、片方《かたほう》のほおにヒースの枝でひっかいたきずができて、顔の半分がちくちくしてた。お父さんはくるりと目を回しただけで、おまえは野生児《やせいじ》だとか、そういうことはもうわざわざ言わなかった。**大きくなって野生にもどるってわかってたら、おまえをペットショップに返してたのに**、っていうのも、お父さんの口ぐせだ。

そんな時はいつも、わたしはライオンみたいにガオーッて吠《ほ》えたり、ゴリラみたいに胸《むね》をたたいたり、ヘビみたいにシューッて音をたてる。

お父さんは歩きながら、海にまつわる話をしてくれた。それはプラバプチャから聞いた大昔からの言《い》い伝《つた》えで、もしその人がほんとうに海と一心同体で、海の怒《いか》りや静《しず》けさ、塩《しお》やしぶき、淵《ふち》や浅瀬《あさせ》のことがよくわかっているなら、波に願《ねが》いをかければかなう、という話だ。プラバプチャが真珠《しんじゅ》をくださいってお願いしたら、海はそれを聞いてくれて、翌朝《よくあさ》、砂《すな》の上に殻《から》のひらいた二枚貝《にまいがい》が落ちていて、中にかがやく月のような真珠の粒《つぶ》が入っていたらしい。わたしなら、オレオ一生分と、透明《とうめい》人間になれる能力《のうりょく》と、二度と分数の計算をしなくていい権利《けんり》をくださいって願《ねが》うのに。そう言ってから、お父さんだったらなにを願うのかきいてみたけど、お父さんは答えず、白い帽子《ぼうし》をかぶったような波がしらをじっと見ていた。

なにかちがうことを考えてるみたい。脳《のう》みそがどこかよそへ行っちゃってることが、お父さんにはよくある。頭の中では病院の廊下《ろうか》をふらふら歩いたり、患者《かんじゃ》さんのカルテをのぞいたり、薬や脈拍《みゃくはく》のことを考えたりしてるんだろう。なのに一瞬《いっしゅん》でわれに返って、わたしをかかえあげて海に投げこんだり、つむじ風が吹《ふ》いたみたいにウノでわたしを負かしたりする。でも今日は、わたしが、**競争《きょうそう》だよ**、とさけんで、犬のパブロと猛《もう》スピードで道をかけあがっていっても、じっと考えこんだままで、わたしたちのあとを追いかけてきたのは永遠《えいえん》プラス五分たってからだった。

トム

ママがなかなか迎《むか》えにきてくれなくて、学童クラブはがらんとしてる。ぼくはずっと作文の宿題をやってた。自分がヒーローになった時のことを書く、という宿題だ。想像《そうぞう》でもいいし、ほんとうにあったことでもいい。ぼくは想像で書いた。話の中で、ぼくは人の命を救《すく》うスーパーヒーローになるはずだった。なのに一行書く前に、まずホワイトボードのすぐ上にかかってる時計の長い針《はり》が、カチリと音をたてて動くのをたしかめずにいられなくて、スーパーヒーローはまだだれも助けてない。紙の上にはすじの通らないことがごちゃごちゃ書いてあるだけだ。ハチドリの心臓《しんぞう》みたいに脈《みゃく》がものすごく早い。指がふるえている。ぼくは書きかけの紙を使って鳥を折《お》りはじめた。

やっとママが来て、ドアのガラスのむこうに黒い影《かげ》になってうつった。影にしか見えなくてもママだってわかる。学童クラブの先生はしぶい顔をして文句《もんく》を言ったけど、ぼくはほっとして、胸《むね》につかえてた不安《ふあん》が音をたてて一気に流れていった。ママがぼくをおいてどこかへ行ったりしないってことはわかってる。でもいつも、なにか起きるんじゃないかって心配だ。そう、いつも心配だ。七歳《さい》の時、がまんできなくなってママと二人で初《はじ》めて家を出た。その時、ぼくはこわくて体が芯《しん》から冷《つめ》たくなり、背骨《せぼね》に気味の悪い恐怖《きょうふ》の種《たね》がまかれて、そのままになった。種は根を生やし、芽《め》を出して、体中の骨《ほね》にからみつき、どこからが恐怖でどこからが自分かわからなくなった。

　でも、ママはもう心配してないらしい。そして、ごめんなさいとあやまり、職場《しょくば》の人とちょっとお茶をするつもりだったのが、いつのまにか時間がたっていたのだと言って、ぼくの手をぎゅっとにぎり、家まで二人で歩いて帰った。ママはほおをピンク色にそめ、目をかがやかせて、その日あったことを話してくれたけど、あんなに楽しそうに話すママはひさしぶりだった。昔みたいに生き生きした声だった。なんだか幸せそうだ。いったい、なにがあったんだろう。

ゾフィア

　わたしは早起きしてバスタブの冷《つめ》たい水の中であおむけになり、何度も頭までしずんでは水中に浮《う》かび、静《しず》かに波うつ青い水面を見上げた。ゴム風船みたいな肺《はい》の筋肉《きんにく》が、少しずつ強くなっていくのがわかる。

いちにいさんしいごうろくしちはち……

心臓《しんぞう》の鼓動《こどう》がだんだん速くなって肺《はい》が破裂《はれつ》しそうだ。

きゅうじゅうじゅういちじゅうにじゅうさん……

頭がくらくらして、まわりの水がうずをまきはじめる。

じゅうしじゅうごじゅうろくじゅうしち……

最後《さいご》の何秒かで視界《しかい》がまわりから黒くなっていく。胸《むね》が焼《や》きついて目がちかちかしてきたところで体を起こし、ストップウォッチを見る。16：56。これならくりあげてもだれも文句《もんく》は言わない。

ノートに十七秒と書いてから髪《かみ》の毛《け》もかわかさずに着がえたのは、遅刻《ちこく》しそうだったからだ。服が肌《はだ》にくっついてむずがゆい。

学校ではサッカーの試合《しあい》をして勝った。クラス全員で十人しかいないから、いつも一チーム五人でやる。わたしのいる赤チームが五対二で勝った。わたしは二得点《とくてん》。目の前でジュードが足をもつれさせてころばなかったら、三点目も決めてた。おかげでわたしまでころんで、両ひざが芝《しば》にこすれて緑色になった。キャシディ先生が黒板に試合結果《しあいけっか》を書いた。これで今学期、赤チームが二試合勝ちこしている。このケートー組サッカー選手権《せんしゅけん》はちゃんとした授業《じゅぎょう》の一部だし、別《べつ》に賞品《しょうひん》とかが出るわけじゃないけど、わたしはとにかく試合に勝ちたい。だって勝てば最高《さいこう》の気分だから。〔「ケートー」は、ギリシア神話に出てくる海の女神で、海の危険や恐怖の象徴〕

十月になって、太陽が出ている時間は毎日少しずつ短くなるのに、放課後《ほうかご》はみんなで砂浜《すなはま》へ行く。空はもう青黒くて雲があちこちに出ていた。それでも砂浜はいつも、広いこの世界でいちばんきれいな場所だ。そして毎日ちがう。半月形《がた》の砂浜をかこっている崖《がけ》のあちこちには、ヒースと枝《えだ》に弾力《だんりょく》のあるハリエニシダの緑がちらばっている。海と空はいつもおそろいの服を着てる。ビロードのようなグレー、シルクのようなつやのある青、きらきら光るエメラルドグリーン、黒曜石のまじりけのない黒、ときにはとかした金を流したみたいにかがやいて、まるで宝箱《たからばこ》の財宝《ざいほう》をぶちまけたようだ。海と空はゆるやかに広がった先で出会い、ひとつになる。水平線はぼやけてる時もあれば、くっきり見える時もある。でも、海と空は必《かなら》ず出会う。お父さんは、海は「情緒不安定《じょうちょふあんてい》」だと言う。お父さんは最初《さいしょ》、ポーランド語でこの言葉を言ったんだけど、まず二人でそれを英語《えいご》に直し、それから辞書《じしょ》で意味をたしかめた。だって英語に直してもむずかしくて、たいていのポーランド語とおなじように、わたしには意味がわからなかったから。それはともかく、この言葉はちょっとしたことで気分が変《か》わるという意味で、わたしもそう。波ひとつ立ってないように見えても嵐《あらし》が近づいてる時がある。ハリーマとわたしは、去年、気分で色が変わる指輪をおそろいで買った。ハリーマの指輪《ゆびわ》の石はいつも、ちらちら光る青緑色とあざやかなピンク色のあいだでゆっくり色を変えてたのに、わたしの指輪はわたしの気分についてこられなかった。たぶん、こわれてたんだろう。

海の水は冷《つめ》たいけど、わたしはこのために肺《はい》と肌《はだ》をきたえてきた。砂山《すなやま》の陰《かげ》で身をよじってウェットスーツを着ると、頭から海に飛《と》びこむ。ドモがストップウォッチをもって波うちぎわに立った。

最初《さいしょ》は肺《はい》の中から空気がたたきだされる気がした。でもバスタブでの練習で、そういう感じはすぐに消えるとわかってる。かわりに焼《や》けるような痛《いた》みが胸《むね》をしめつけてきて、それもそのうち、どこか体の奥《おく》から聞こえてくるブーンという小さな音に変《か》わっていく。目の奥《おく》で星がくるくる回りだしたので、海面にいきおいよく頭を出し、空をまるごとのみこむいきおいで息をすう。そのまま頭をひょこひょこ上下させながら泳ぎつづける。足をけりだし、体をひねり、手足をなめらかに動かし、波をわけてぐんぐん進む。

海とひとつになり、体が海の呼吸《こきゅう》にあわせて上下している気がする。サッカーで勝つより気持ちいい。

脚《あし》が悲鳴をあげはじめたので、どれくらい近づいたかたしかめる。この前よりは近い。でも、まだまだだ。

十六秒、とドモがうれしそうにさけび、わたしはがっかりした。でも泳いだおかげで元気になった。そして岸まで水をかいてもどり、寒さがじわじわと体の芯《しん》までしみこんでくるのに、モーとジェイコブとジュードと四人でバレーボールをした。

みんなで家までぶらぶら歩きだしたのは、砂《すな》から伝《つた》わってくる寒さが骨《ほね》までとどきはじめたころだった。海はきれいな黒いガラスのよう。歯がカタカタ音をたてていたけど、わたしはもう少し海岸にいたかった。でもジェイコブとジュードは——あ、この二人はふたごの兄弟で、いつもジェイコブとジュードで、ジュードとジェイコブじゃない——ピアノのレッスンがあるから家に帰らなきゃならなかったし(一台のピアノを二人で同時にひいてるのか、それとも時間を半分にわけてるのか、いつも知りたいと思ってるのに、さよならする時には決まってきくのをわすれてしまう)、モーは妹とロケットを作る約束《やくそく》をしていた。ドモに残《のこ》ってもらおうとしたら、ドモも、晩《ばん》ごはんまでに家に帰らなくちゃいけない、って言う。わたしもそれはおなじなんだけど、暗くなっていく砂浜《すなはま》に残って、崖《がけ》が夜の空に溶《と》けていくのを見ていたかった。みんなで砂浜をかけあがり、二人ひと組にわかれて帰っていく。ドモの家はうちのとなりだから、海のにおいをたなびかせて二人で家まで歩いた。

トム

土曜日で、ぼくにはとくにやることがなかったけど、それは別《べつ》にかまわない。ママは出かけていて、アダムズさんがリビングでテレビを見ながら、ケープみたいなものを編《あ》んでいる。いつもなら、土日にママがいないのは仕事だからだ。でも今日はちがう。デートだ。そう言われた時、ぼくは頭の血が一気につま先まで落ちていく気がした。ママが笑《わら》いながらぼくの髪《かみ》をくしゃくしゃにして、冗談《じょうだん》よ、と言ってくれればいいのにと思った。なのにママは、そう言えばぼくが楽になるとでもいうように、心配しないでと言った。どこへ行くのか教えてくれたし、おなじ職場《しょくば》の人だってことも教えてくれたけど、それでもぼくははきそうになった。心配で頭がくらくらしてくる。だって、ぼくとママだけだから安心できるのに。

外は雨がふっていて、空は鋼《はがね》のような灰色《はいいろ》だ。アダムズさんが、公園に行きたいかときいてきたのは、親切で言っただけだ。やらなきゃならない自由課題《かだい》があると答えると、アダムズさんはほっとした顔をした。課題なんてない。でも公園には行きたくない。ぼくは楽しいふりをしながら、ときどき雨で煙《けむ》った外の光をすかして、あの人が来てないか外を見ていた。

小さな街《まち》を作る。紙で作る。手をぬかずにぜんぶていねいに折《お》る。できるだけまっすぐに、ぴったりと、まげたり折りかえしたりする。折り紙の本に書いてあるとおりに折る。高層《こうそう》ビルを作る。小さな家を作る。その中の一軒《けん》はぼくとママ、二人の家だ。バスを何台か、列車や川に浮《う》かべる船も。ぼくが通う学校、ママがはたらける病院を作る。なにもかもぼくの望《のぞ》みどおりに作って、ぼくとママを守る大きな塀《へい》をめぐらせる。机《つくえ》の上に街が広がり、時間がすぎて、指はふるえずにすむ。

ゾフィア

土曜なのに雨がふるなんて、たぶん、広いこの世界でいちばん不公平《ふこうへい》なことだ。雨の土日は大きらい。もっと小さかったころは薪《まき》ストーブに火を入れてマシュマロを焼《や》いたり、ネットフリックスでアニメを見たりできるから、けっこう楽しかったけど、そのうち外でなにかしたくてたまらなくなり、いらついて飛《と》んだりはねたりするようになった。でも今日はすごく寒くて、庭に出て砂浜《すなはま》を見わたしてると体中の骨《ほね》がつららになった気がする。息が白くなるから、ドラゴンみたいにフーッとはいてみる。海は黒いインクに見え、灰色《はいいろ》の砂浜《すなはま》は、うちよせた波のあとがきたない縞《しま》もようになっている。それでも、もちろん、海はいいなあと思う。でも、春や夏ほどじゃない。練習しなきゃいけないのに泳ぐ気になれなかった。パブロでさえ泳ぎたくなさそうだ。パブロは前に、吹雪《ふぶき》の中で一時間も外に立ったまま、がんとして家に入ろうとしなかったことがある。キツネを見たと思いこんだからだ。ほんとうはオレンジ色のビニール袋《ぶくろ》だったのに、そう言ってもパブロには通じない。犬だからってこともあるけど、ふだんから、ほんとうにだれの言うことも聞こうとしない。バスタブに水をはり、凍《こご》えながらザブンと頭までしずんだら、十九秒がまんできたのでうれしくてはねまわり、床《ゆか》をまたびしょびしょにしてしまった。

でも、バスタブでの練習以外《いがい》、今日はすることがない。お父さんはどこかへ出かけてる。行き先は言ってたけど、わたしは聞こうとせず、ドモの家にいるという約束《やくそく》をやぶって、弟がまとわりついてくるから、ドモだけうちにつれてきた。

ドモと二人で、二時間以上《いじょう》かけてうちの階段《かいだん》をそり遊びのコースに作りかえた。雪のかわりに羽毛《うもう》ぶとんとまくらをしき、お茶の時間に使う古いお盆《ぼん》や段《だん》ボールの箱をそりにしてすべりおりる。箱は階段の下まですべりおりた時の衝撃《しょうげき》でつぶれてしまい、まるで理科の実験《じっけん》みたいだった。お盆のほうがずっとうまくすべれたので、ドモと交替《こうたい》で、階段に作ったスロープをいきおいよくすべりおりてはぶつかって、ドスンバタンと音をたてた。日の光が雨雲を通りぬけられず、雨ばかりふってくる一日をすごすには最高《さいこう》の方法《ほうほう》だ。

お父さんが帰ってきた時、階段《かいだん》や廊下《ろうか》のきずはお父さんが出かける前とだいたいおなじだったと思う。念《ねん》のため、理科の実験《じっけん》をしてたっていう、ぜったい通用するはずの言いわけを考えておいたのは、手すりの上のかべについた黒いあとがすごくめだってたからなんだけど、お父さんは気づかなかった。それはつまり、なにかすごくまずいことが起きてるしるしだ。お父さんはなんでも気がつく。それはもう、ほんとにむかつくくらい。前の日とおなじ靴下《くつした》をはいてたり、豆を食べずにナプキンの下にかくしたり、ココアをこぼしたクッションをうらがえして、いつもとちがう面が見えてたりすると、必《かなら》ず気づく。ドモが、弟のベッドからだまってもってきたまくらをつかんであっというまに勝手口から帰っていったあとで、お父さんはもう一度かべに目をやり、黒いあとがついているあたりを見た。はっきり黒くなってるし、大きなあとだし、ちょうど目の高さにある。

でも、お父さんは気づかなかった。そして、髪《かみ》の毛《け》に両手をつっこんだ。何時間もはたらいてすごくつかれてる時や、わたしにせがまれてジブリ映画《えいが》をつづけて何本も見たり、むかい風の中をパブロとわたしと競争《きょうそう》したりした時にやるやつだ。

お父さんに言われて、テーブルにむきあってすわる。

お父さんはせきばらいした。

髪《かみ》の毛《け》をいじった。

指と指をからめた。

そんなふうにもじもじしてるのをいつまでもながめてるより、もっと楽しいことをしようと思って腰《こし》を浮《う》かせたら、お父さんはやっと話しはじめた。そのまま、だまってくれてたらよかったのに……。

わたしに会わせたい人がいるらしい。

今まで、そんなことは言われたことがない。

お父さんの声は、聞くと背筋《せすじ》にビリッと電気が走るような声だった。いやな感じがした。

わたしはお父さんの話を最後《さいご》まで聞いてから、なにも言わずにパブロをつれて夕日できらきら光る砂浜《すなはま》へ行った。腕《うで》を大きく広げると、指のあいだをぬけていく風が音をたて、いやな気分を吹《ふ》きとばしてくれる。

どこか頭のすみのほうで、小さな不安《ふあん》の種《たね》がパタパタ走りまわっていたけれど、そいつがわめきはじめる前にふみつぶした。そして風がわたっていく砂浜《すなはま》に立ち、風に髪《かみ》をなびかせて、しずんでいく太陽が光の粉《こな》を海にふりまくのを見ていた。

トム

ママにはもう、だれとも出会ってほしくなかった。その思いが頭の中でネオンサインみたいにぴかぴか光っていて、スイッチが切れない。

二人だけがよかったのに。お父さんがいなくなってまる二年、いやなことはなにもなかったし、なにもかもこのままがよかった。まる二年たって、最近《さいきん》やっと、あの人はもうもどってこないと思えるようになったのに、それでもときおり、ふとしたはずみで心配になる。あの人は、もう近づかないと約束《やくそく》しておいて、その約束を三回やぶった。今は、ここへは来られないところにいるとわかっていても、安心できない。ぼくはママに安心していてほしいし、別《べつ》のだれかにまたなにかされるかもしれないなんて心配なしに、二人で好《す》きなように暮《く》らしていたい。ママは、前はあの人のこと、そしてあの人がしでかすかもしれないことをすごく心配してた。ママはぼくが気づかないと思ってたけど、ぼくは知ってた。ママが考えてることはぜんぶ顔に書いてあったし、うまくかくせてるとママが思ってる時も、ぼくにはわかってた。あの人が腹《はら》をたてずにおとなしくしているように、ママが自分のすることや言うことにどんなに気をつけていたか、ぼくは知っている。

それがうまくいくこともあった。
でも、たいていはうまくいかなかった。
そしてまた、そっくりおなじことがくりかえされるかもしれない。
今夜は、明かりを消したらぼくは一秒ともたない。

ゾフィア

波うちぎわのカーブにそってパブロを歩かせる。風がうなりをあげ、海のしぶきが髪《かみ》の毛《け》にからまる。パブロは大よろこびだ。海藻《かいそう》をこれでもかってくらい口につめこもうとするので、走ると引きずって、なんだか新体操《しんたいそう》のリボンのようだ。ときどき海藻に足がからまってころび、玉になった海藻から足としっぽがつきでたみたいになる。家に帰るころにはきたなくなってるだろう。そのままお父さんの寝室《しんしつ》に入れてやるんだ。

パブロには好《す》きにさせておいて、わたしはしめった砂《すな》にすわり、波が岸にむかってころがるようにうちよせてくるのをながめる。まるで海が息をしてるみたい。うしろにひじをついて体をそらせると、頭が小石まじりの砂《すな》にあたって音をたてる。見上げると、うすい灰色《はいいろ》の雲が風に吹《ふ》かれてうずをまいてた。今まで知らなかった気持ちがめばえ、枝《えだ》をのばして葉をしげらせる。その気持ちを追いはらいたくて雲にむかってさけんだのに、声は崖《がけ》にはねかえって風にさらわれ、まるで声なんて出してないみたいだった。

わたしは今のままがいい。

トム

車でカフェまで行った。けっこう時間がかかって、ちょっと気持ち悪くなった。車からおりて外の空気を胸《むね》いっぱいにすうと、舌《した》に塩気《しおけ》を感じた。頭の上でかん高い鳴き声がぐるぐる回ってるから、見上げると、フィッシュ・アンド・チップスをねらうカモメがたくさん飛《と》んでた。翼《つばさ》を羽《は》ばたかせながら雲をかすめ、水平線でゆれてる三角波にむかって急降下《きゅうこうか》する。海を見てよけいに気持ち悪くなった。ママはぼくにむかってほほえみ、ぼくははき気をのみこんだけど、そのはき気は胸《むね》の奥《おく》でひどくなり、それは車に酔《よ》ったからじゃなかった。

カフェの中に女の子とお父さんがすわっている。ママが、会ってほしい人がいると言いながら見せてくれた写真どおりだった。ただ、写真の中の女の子は、にっこり笑《わら》って手足を思いきりのばし、星の形になってたのに、今、カフェにいる女の子は椅子《いす》にすわって背《せ》をまるめ、怒《おこ》っていた。

ぼくらが入っていくと、マレクはさっと立ちあがり、背《せ》をかがめてママとハグしかけたけど途中《とちゅう》でやめて、**やあ、トム、きみのことはいろいろ聞いてるよ。この子は**ゾフィアだ、と言った。その声には、店の外に見えている波のうねりのようなリズムがあった。背《せ》が高い。お父さんより高い。ぼくは小さくなってママのうしろにかくれ、テーブルにはつかず、ママといっしょにドリンクを注文しに行った。女の子は、マレクの横でこっちをにらんでた。

ゾフィア

二人がカフェに入ってきた時、わたしはその男の子を見て、お父さんが、この子の年をまちがえて教えたんじゃないかと思った。十一歳《さい》って聞いてたから、わたしとおない年のはずだ。細かいことを言えば、わたしのほうがひと月年上。わたしは九月生まれだから、ほとんどいつもクラスでいちばん年上で、今は学校でいちばん年上。九月からは中学生だ。それはともかく、この男の子は小学一年生みたいだ。すごく小さいし、手も足も細くて目だけが妙《みょう》に大きくて、黒っぽい髪《かみ》の毛《け》は長すぎるし、つめにはかんだあとがある。うっすら光って見えるほど色が白い。血管《けっかん》が青い川みたいにすけて見え、皮膚《ひふ》がとてもうすくて、今にも骨《ほね》がつきやぶって出てきそう。腕《うで》の内側《うちがわ》でも、下にある骨の形がはっきりわかる。五歳か、せいぜい六歳くらいにしか見えない。九歳、十歳にさえ見えないし、十一歳だなんてありえない。ふるえてるんだろうか、それとも入口から入ってくるそよ風に負けて、ガリガリの体がゆれてるんだろうか。とにかく、わたしはくるりと目を回してから、ものすごい目つきでにらみつけ、思いきり歯をむきだしてうなってやった。なんでこんなところにいなきゃいけないんだって思いながら。

わたしはココアを飲み、トムはそうやってびくびくしながらじっとだまってすわってた。トムがだまってる分、わたしは四人のあいだにできたすきまを、音で、おしゃべりで、言葉で、なんとかうめようとせっせとしゃべり、だんだん落ちついていくはずだった初対面《しょたいめん》の気まずさをいっそう重くしてしまった。わたしがしゃべればしゃべるほどトムは小さくなっていく。椅《い》子《す》の上でちぢんでいき、そのうち液体《えきたい》でできてるみたいになって、今にも蒸発《じょうはつ》してしまいそうだった。

フィオーナはわたしに、学校やパブロや水泳について話し、ジブリ映画《えいが》のことまで口にしたので、お父さんが、「ゾフィア公式ガイドブック」みたいな情報《じょうほう》をあらかじめ教えていたことがわかった。わたしはうなったり、にらんだり、嵐《あらし》に変身《へんしん》したりした。わたしが嵐になったら、だれも話をしたいとは思わない。静かにうずをまく黒雲になることもあれば、荒れくるう竜巻のこともあるけど、どっちもおなじこと。でもフィオーナはなんとか話をつづけようとしたし、わたしも自分の中の嵐にすっかり負けてしまわないようにがんばってた。

そして、どうか二度とこの人たちと会わずにすみますように、って心の底から願《ねが》ってた。お父さんがつきあってる女の人とはめったに会わないし、その人の子どもとなんて会ったことがない。きっと今までより真剣《しんけん》なんだろうけど、そんなこと、わたしには関係《かんけい》ない。できればお父さんも、この「ちぢみゆく少年」を見て、自分がとんでもないことを考えていたのだと気づいて思いなおしてほしい。そして二人であの海辺《うみべ》の家に帰ったら、これからもわたしとお父さんとパブロと猫《ねこ》のフリーダで、これまでとまったくおなじように暮《く》らしていくことになってほしい。

ところが家に帰ると、お父さんはわたしを思いきりしかり、礼儀《れいぎ》知らずでしゃべりすぎだ、と言ったので、わたしはとたんに話を聞く気がなくなって、頭の中でその二つの言葉をすりつぶし、あとはお父さんのどなり声から遠くはなれたどこかへ、くるくる回りながら飛《と》んでいった。でも、すっかりはなれることはできなくて、二人のあいだでブクブク音をたてている言葉がとぎれとぎれに聞こえてきた。

たいせつなんだ

二人の暮《く》らしで特別《とくべつ》な
お父さんは本気だ、どうにかして
たのむ、ゾフィア。
でも、わたしはくるりと背《せ》をむけて外へ出ると、砂浜《すなはま》にすわり、気持ちが落ちつくまで風と波の音にくるまれて、わたしを待っているたくさんの旗《はた》が沖《おき》ではためくのをながめてた。

トム

初《はじ》めてゾフィアとマレクに会った日の夜は、二十二秒がせいいっぱいだった。いくらがんばっても暗闇《くらやみ》の中にいろんなものが見えて、頭からはなれなくなった。息が荒《あら》くなる。指がまたふるえだした。筋肉《きんにく》がぴくぴく動く。ぼくはいくじなしだ。そう、あの人が言ったとおり。紙で鳥を折《お》りはじめる。五羽《わ》。十羽。十五羽。二十羽。

ママは、マレクはお父さんとはちがう、と言った。約束《やくそく》する、って。でも、どうしてそんなことがわかる？　お父さんだって、まわりから見ればおかしなところなんてなかった。保護者《ほごしゃ》面談に行くと、ぼくの成績《せいせき》がいいことをいつも大声で自慢《じまん》して、先生たちはみんなにこにこしてた。ぼくとママをつれてピザを食べにいくと、ウェイターに聞こえるように、今日は世界でいちばんたいせつな二人にごちそうするんだ、なんでも好《す》きなものをたのみなさい、いつもありがとう、って言うし。ぼくにはよく高いスニーカーを買ってくれたけど、毎日はいても、いつまでも靴《くつ》ずれができた。

ぼくらだけがいい。ママと二人だけが。ほかの人の心配なんてしたくないし、その人が動くたびにビクッとちぢこまったりしたくない。おなじ家に住みたくない。今の暮《く》らしがぼくらにぴったりだ。なにもかもぐらぐらして不安《ふあん》だったあのころにもどりたくない。そう、あのころとにてる。あの感じがまた、ぼくの頭の中に忍《しの》びこんで手足に広がっていく。

ソフィア

ドモとわたしは海岸に立って沖《おき》のフィジーを見てる。今、何時ごろかわかってるのに、ドモがさっきから腕時計《うでどけい》をちらちら見てるのは、先週お父さんから、誕生日《たんじょうび》プレゼントに防水機能《ぼうすいきのう》つきのスマートウォッチをもらったばかりだからだ。ドモはその腕時計があれば、水泳のタイムをくらべたり、わたしが水にもぐって息をとめてた時間をはかったり、メッセージでクジラの顔文字が作れると言った。フィジーに泳ぎつくのにスマートウォッチはいらない。練習あるのみ。泳ぐだけだ。

二人で海に飛《と》びこむと、水が冷《つめ》たくて体がかっと熱《あつ》くなる。バスタブの水より百万倍冷たい。ドモが思わず悲鳴をあげる。わたしは、しーっ、静《しず》かに、と言おうとした。ほんとは、だれか大人に、海に入ります、とことわってからじゃないと泳いじゃいけないことになってるから。でも、わたしの口から出たのは、カタカタと歯が鳴る音だけだった。すった息がふるえる筋肉《きんにく》のあいだをぬけてどうにか肺《はい》までとどくと、わたしは海に頭をつっこんだ。とたんに、それまで見えていた世界がすべて消えてしまう。

波がわたしを岸にむかって押《お》しもどす。両手両足で波にさからい、さすように冷《つめ》たい水をかきわけて進む。腕《うで》の動きにあわせて、頭の中で、いち、に、いち、に、いち、に、と数えているると、二つの数字がまじりだす。まるで、ぬめぬめした触手《しょくしゅ》でわたしをつかみ、行きたくないところへはこんでいこうとする巨大《きょだい》イカとたたかってるみたい。くだける波の下で腕《うで》と脚《あし》を動かして前に進もうとするのに、水の重さで胸《むね》がつぶれそうだし、あえいでばかりでちゃんと息がすえない。肌《はだ》がちくちくするのは月の光みたいな色のクラゲがまとわりついてるからだろう。

脚《あし》を真下にのばしてつま先でさぐると、ざらざらした海底《かいてい》に足がまだとどいた。えっ、どうして？　もう、三日くらい泳いだ気分なのに、まだこんな浅《あさ》いところにいるなんて。つま先に砂《すな》を感じたとたん、くやしさがあふれて海に溶《と》けだした。顔を上げてドモをさがすと、はるか先を泳いでいて、海面にひじをひょこひょこ上げながら、ぐんぐん沖《おき》に出ていく。

わたしはバシャバシャと水をけって岸にもどり、凍《こご》えるほど冷《つめ》たいウェットスーツを着たまま砂浜《すなはま》に腰《こし》をおろした。わたしは泳げる。すごくじょうずに泳げる。ケートー組のだれよりも。ドモにだって負けてない。肺《はい》に空気をためる練習をしてきたし、いきなり冷《つめ》たい水に飛《と》びこんでもがまんできる練習をしてきた。胸《むね》の奥《おく》で怒《いか》りが大きな声をあげはじめる。なめらかな石をひとつ、うちよせる波めがけて思いきり投げると、石はしぶきを上げて水の中に消えていった。

やっと海から上がってきたドモは、くちびるが青いけどうれしそうだった。そして、あのむかつくスマートウォッチを見て言った。**新記録《しんきろく》だ、二十分だよ。これだけ泳げればもうやれるかな。ゾフィアは？** わたしは、足がつっちゃって、みたいなことをつぶやき、ドモをおいて、グチャグチャ音をたてながら、熱《あつ》い紅茶《こうちゃ》を飲みに家にむかって歩きはじめた。わたしは、ドモがわたしぬきでなにかするのが大きらいだ。今日だって、二人でいっしょにやってたって言えるのかもしれないけど、わたしは一人ぼっちだった。

トム

ママは今までとどこかちがう。少し明るくなって、それがしぐさにも出てるし言葉もはずんでる。ぼくは二つに引《ひ》き裂《さ》かれた気分だ。まるで自分が一枚《いちまい》の紙で、ちょうどまん中にきっちり線が引いてあって、両側《りょうがわ》から引っぱられてやぶれてしまったみたい。二人のトムがいる。一人はママに幸せになってほしいと思ってる。もう一人は自分が幸せになりたがってる。そして、やぶれた紙をくっつける方法《ほうほう》が見つからない。

ママと二人だけでピザを食べにいく。お店の人がピザの生地《きじ》を指にのせてくるくる回してたので、見てるぼくらも目が回り、頭がくらくらして二人で笑《わら》ってしまった。ぼくは大好《だいす》きなチーズ増量《ぞうりょう》のマッシュルームピザを選《えら》び、コーラもたのんだ。ママはマッシュルームがきらいだから、趣味《しゅみ》が悪いと言い、言われたぼくはマッシュルームをひと切れママにむかって投げた。でも冗談《じょうだん》だとわかってるから、ママはしからない。もしお父さんがここにいたら、ぼくはそんなことしなかっただろう。そう思ったとたん、幸せな気分は一気にしぼんでいった。ママと二人だけなら、ぼくは自分らしくいられるし、なんの心配もいらない。

ゾフィア

まさか、毎週だなんて。週末《しゅうまつ》はかかさずだ。百万回は会ってる。十億時間かも。その一秒、一分、一時間、一日はぜんぶ、海に出て潮風《しおかぜ》や嵐《あらし》や動きまわる魚たちの中で泳げたはずだ。でなきゃ、しんとしたバスタブの水の中で、じっと静《しず》かに息を止めて、もぐっていられる時間を一秒、また一秒とのばすことだってできただろう。この前、あんなひどい泳ぎしかできなかったから、今はなおさらそういう練習がたいせつなのに、バスタブにもぐるたびに、すぐ苦しくなって水からザバッと顔を出してしまう。まるで自分の体の使い方をわすれてしまったみたい。ほかにも、ケートー組のみんなとバレーボールだってできただろうし、ドモとテレビゲームをしたり、ハリーマとミルクシェイクを作って、家にあるミキサーにチョコバーがいくつ入るか実験《じっけん》できたはずだ。なのに、お父さんと二人でトムとフィオーナの相手をしなきゃならない。ボウリングに行くと、あの子はボウリングがきらいでへたくそだし、ピンがくるくる回る音におどろいてちぢみあがる。ピザを食べにいくと鳥のひなみたいにピザをつつく。美術館《びじゅつかん》や博物《はくぶつ》館《かん》へ行くと少し元気になるけど、今度はわたしがたいくつで、それもかっこつきで太字の**「たいくつ」**だ。

最悪《さいあく》だし、うんざりだし、あの親子にもうんざり。前は土日になると、家の中でそり遊びをしたり、パブロに宙《ちゅう》がえりを教えたり(まだうまくできないけど、最近《さいきん》は教える時間があんまりない)、ケートー組のみんなと砂浜《すなはま》で遊んだりしてた。今は地球上でいちばんたいくつな男の子と、どこかへ行ったり、なにかをしたりする予定が入ってる。

文句《もんく》を言うといつも、お父さんはいかにも、ちゃんと聞いているよ、おまえのことはよくわかってる、と言わんばかりにうなずいてから、トムにはやさしくしてやらなきゃ、あの子はすごくたいへんな時期があったんだから、と、まるでそれがわたしのせいで、わたしがなにかしてやれるみたいに答える。でもそんなの、わたしのせいじゃない。

クリスマス直前、お祭りムードのクリスマスマーケットに行った。四人そろって。まるで目をつむってるあいだにとりあえずいっしょにされた、にせの幸せ家族みたいに。お父さんと二人で来れたらよかったのに。ドモがいっしょでもいい。あたりにはあまい焼《や》き栗《ぐり》とモミの木のにおいがただよっていて、屋台では、秘密《ひみつ》の引き出しがついてる木箱や、きらきら光るクリスマスのかざりや、星の形にしたピンク色のふわふわの綿菓子《わたがし》なんかを売ってる。お父さんはフィオーナの家のツリーにかざる、雪の結晶《けっしょう》もようが入ったぴかぴかのかざり球を買ってやり、フィオーナのほおにキスしてなにかささやいた。なんて言ったか聞こえなかったけど、わたしが、オエッと言ってみせたら、トムはぎょっとしてた。お父さんがわたしの頭を紙袋《かみぶくろ》ではたくと、トムは一歩下がってフィオーナの陰《かげ》にかくれた。

トムはなんでもすごくこわがる。見ていられない。どうして小さな男の子一人に、こわいものがあんなにたくさんあるんだろう。わたしは思わず歯ぎしりして、こぶしを強くにぎりすぎたので、つめが食いこんで手のひらに三日月形のあとがならんだくらいだ。

わたしはぶらぶらと、ジンジャーブレッドでできた家を売ってる屋台に近づいていった。屋根には小さなくぼみがたくさんあって、虹色《にじいろ》の砂糖菓子《さとうがし》がちりばめられ、窓《まど》には砂糖を溶《と》かして作ったステンドグラスがはまっている。わたしはその家がどうしてもほしくなり、お父さんにおこづかいをねだろうとしてふりかえると、お父さんはいなかった。きょろきょろとあたりを見まわすと、イルミネーションの光のうずの中で、お父さんとフィオーナとトムが、屋台にぶらさがっている色あざやかなクリスマス用の靴下《くつした》を見ていた。三人だけで。わたしが割《わ》りこむすきまはない。わたしはしばらくその場に立って三人をにらんでいた。ぴくりともせずに……。と、どこかで小さい子が金切り声をあげたので、わたしはハッとして頭をふった。お父さんがなにか言うと、フィオーナは暗くなっていく空にむかって笑《わら》った。

わたしはスキップで三人のうしろに近づき、だれもこっちを見てなかったので、前かがみになって、トムの首すじにちらばっているそばかすが見えるほど顔を近づけ、わっ、とさけんだ。トムはびくっとして、自分の体から飛《と》びでてきそうだった。

トム

土日のたびに会うわけじゃないけど、その回数がじりじりふえている。最初《さいしょ》は月一回だったのに、それが三週間に一回になった。今は二週間おきか、毎週のこともある。おたがいが住んでる町まで行くには車をずいぶん走らせなきゃならないから、交替《こうたい》で出かけていく。一度、二人の住む家まで行ったことがあるけど、あそこの犬と猫《ねこ》はゾフィアよりずっと愛想《あいそ》がよかった。それでも、猫はぼくの顔をひっかこうとしたし、犬はあいさつがわりにぼくを押《お》したおそうとした。

クリスマスマーケットは最悪《さいあく》だった。ママは、ゾフィアに悪気はなくて、おもしろいと思っただけだと言った。知らなかったんだし、ふざけただけだと。ゾフィアは、ぼくがよく飛《と》びあがって、ふるえたり、泣《な》いたりしてるのを知らないんだからと。でも、もう、どうでもいい。ぼくはあの子がきらいだ。声が大きいし、じっとしてないし、礼儀《れいぎ》知らずだ。あの子の声はまわりのどんな音より大きくて、耳に残《のこ》ってはなれない。あんまりすばやく動くから、こっちがビクッとする。部屋の中が、あの子がたてる物音や口にする言葉だらけになる。あの子がいると、ぼくの居場所《いばしょ》がなくなった気がしていやだ。あの子のそばにいる時の感じがいやだ。ママがあの子と水泳や映画《えいが》や犬の話をするのがいやだ。いつもそこにいる感じがいやだ。

いちばんいやなのは、ママが話しかけてるのにゾフィアが答えない時。それか、ゾフィアが礼儀知らずで、ママがあの子の言葉にきずついてる時。そんな時、ママの目は星が爆発《ばくはつ》したみたいに光るけど、それでもママは話しかける。見てると、ママがよくお父さんをなだめてた時のことを思いだす。そして、それはいつもうまくいかなかった。ママがまたあんなことをくりかえさずにすみますように。ぼくの願《ねが》いはそれだけ。

でも、ぼくはそんな気持ちをおさえつけ、折《お》り紙《がみ》みたいに折りたたんで、ゾフィアのことはわすれようとしてる。

ゾフィア

海にもぐり、にごった水につつまれて、頭の中のいろんな思いを洗《あら》いながそうとしたけど、うまくいかなかった。息を止めることに集中できず、肺《はい》がビクッと動いてせきこみ、何秒かむだにした。フィオーナが話しかけてくる時の言葉づかいがいやだ。すごく小さな子を相手にしてるみたいだし、自分の子どもに話しかけるみたいだから。お父さんは、どうしておまえはあんなに**礼儀《れいぎ》知らずで反抗的《はんこうてき》**な態度《たいど》をとるんだと言って、いつもすごく怒《おこ》るけど、わたしはもうこれ以上《いじょう》、学校や宿題や海や映画《えいが》や犬や、そういう話題の質問《しつもん》にはひとつも答えたくない。いらいらして頭がどうにかなりそう。わたしはあの人となかよくなりたくないし、母親もいらないし、わたしの人生にフィオーナもトムもぜんぜん必要《ひつよう》ない。わたしとお父さんとパブロとフリーダだけでいい。それと、タランチュラが一匹《ぴき》ほしい。でも、クリスマスプレゼント第一候《こう》補《ほ》なのに、お父さんからはもう、**ぜったいにだめだ**、って言われてる。

トム

とりあえず、クリスマスはあの二人といっしょにいなくていい。ということは、ぼくとママと、あとはちかちか光る電球をかざったツリーがあるだけだ。ママとごちそうを作って、見たい番組をなんでも見て、だれかにテレビを消せとか、すぐに片《かた》づけろとか、それはやめろ、これはだめだ、なんて言われることもない。そしたらママは、ぼくらにはもう、ほかにだれも必《ひっ》要《よう》ないってことを思いだすかもしれない。

クリスマスの前の日、アダムズさんがぼくに、枝《えだ》のあちこちに小さな星形の電球をつけたかわいらしいツリーと、孫《まご》の男の子が大好《だいす》きだったという本をくれた。なんて親切なんだろうと思っていきなりだきつくと、アダムズさんは、そしてぼくも、おどろいた。アダムズさんは年をとって関節《かんせつ》がはれてしまった手でぼくの頭をなで、いい子ね、と言ってくれた。

クリスマスは静《しず》かで、最高《さいこう》の一日だった。ぼくからママへのプレゼントは折《お》り紙《がみ》のゾウ。ママはゾウが好《す》きだから。それと、学校の技術《ぎじゅつ》の授業《じゅぎょう》で作った時計。金属《きんぞく》の歯車までは手作りじゃないけど、組み立てはぜんぶ自分でやったし、歯車がかみあわさって回るのを外から見られるように、ケースは透明《とうめい》のプラスチックにした。歯車がきれいだから、かくしたくなかったのだ。ママは、すてき、と言ってぼくを思いきりだきしめてくれた。ママからのプレゼントは、ぼくが作れるレゴのセットと、プラズマボールというガラスでできた透明の球で、さわるとビリビリ音がして、球の中心からさわったところにむかって稲妻《いなずま》が走るおもちゃだった。それから、無地《むじ》ともよう入りの折り紙をたくさんもらった。ぼくもママも晩《ばん》ごはんを食べすぎたあと、くだらないけどおもしろいクリスマス映画《えいが》を見て、ぼくはおなかがよじれるくらい笑《わら》い、ぼくたち二人以外《いがい》のことはすっかりわすれてた。

その日の夜は折《お》り紙《がみ》をひとつ折っただけでねむれたし、照明《しょうめい》も小さな明かりをひとつつけておいただけだ。

ゾフィア

年が明けた一月一日、お父さんとわたしは初泳《はつおよ》ぎに海へ行った。このあたりでは「ダンク」と呼《よ》ばれていて、たぶんわたしが世界でいちばん好《す》きな行事だ。近くに住んでる人たちはみんな来る。ケートー組も全員、家族といっしょに来ていて、わたしはハイタッチしたあと、すきを見てレオを砂《すな》の上に組みふせてやった。今のところ五対三でわたしが勝ちこしている。

みんなその場で、肌《はだ》にへばりつくウェットスーツを着て、お父さんはゴーグルもつけた。わたしは海の中で目をあけていても平気だからいらないけど、お父さんは海水で目玉がかゆくなると言う。腰《こし》に旗《はた》をくくりつけてる人が何人かいて、わたしはちょっぴり胸《むね》がうずいた。でも、いいんだ。わたしにはまだたくさん時間があるし、それに今日は寒すぎる。

海はきらきら光ってきれいだ。空とおなじ鋼色《はがねいろ》にいろんな灰色《はいいろ》がまじっていて、シルクの布《ぬの》を何枚《なんまい》も広げたみたい。飛《と》びこむと息が止まりそうになったので、くるりとあおむけになり、じっと雲を見上げた。

さけび声やかん高い悲鳴がうしろの崖《がけ》にはねかえり、すぐに海面いっぱいに、人の頭と脚《あし》と足ひれの先と、ゴーグルのガラスに反射《はんしゃ》した光がちらばった。みんないっせいに泳ぎだしたけど、五秒後には海から出て砂浜《すなはま》で魔法《まほう》びんのコーヒーを飲んでる人もいれば、フィジーまで泳いでいって柱に旗《はた》を結《むす》びつける人もいたし、わたしやお父さんみたいに、立ち泳ぎをしたり、もぐったり、競争《きょうそう》したりする人もいる。わたしの体はちゃんと動き方をおぼえていて、お父さんといれば、わたしはまた、うねる波とひとつになれて、しかも今日は二人だから、文句《もんく》なしの一日だ。

トム

その話をされた時、ぼくは聞きまちがいだと思った。頭の中で言葉を勝手にならべかえて、最悪《さいあく》のすじがきにしてしまったんだろうと。

なのに、ママはもう一度言った。

ぼくは耳をすました。ひとことも聞きもらしたくない。

でも、二度目もおなじだった。

マレクとゾフィアの家で、いっしょに暮《く》らそうと思うんだけど。

さけんだり、わめいたりはしなかった。ふだんから、さけんだり、わめいたりはしない。大声を出しちゃいけないってわかってる。今もそれは気をつけてる。聞いた言葉が肌《はだ》を通して骨《ほね》にとどくのがわかり、寒気がした。いつも血管《けっかん》の中をはいまわっているパニックの虫が、身をよじってかみついてくる。ここから何マイルもはなれた海のそばにある家で、あの女の子と父親といっしょになんか暮《く》らしたくない。この小さなアパートや、居心地《いごこち》のいい小さな寝室《しんしつ》や、だれもぼくにかまってこない静《しず》かな学校からはなれたくない。アダムズさんとはなれたくないし、また一から始めたくない。前みたいに、自分の家でだれがなにをしてるのか心配したくない。いやだ。いやだ。いやだ。ぼくは頭の中で何度も何度もくり返し、それがママに聞こえればいいのにと思った。

でも、顔を上げるとママのほおはピンク色で、最近《さいきん》はいつもこういうほおをしている。幸せそうだ。

だからぼくは、言葉がぶくぶくわきあがってくる前にのみこみ、うなずいて、いいよ、と答えた。そして、あの二つにやぶれてしまった紙の、自分が幸せになりたがってるほうの半分をたたんでしまいこみ、それがくずれて灰《はい》になっていくのにまかせた。

ゾフィア

こんなに急ぐのにはわけがある。史上最悪《しじょうさいあく》の事態《じたい》にむかって、あわててつきすすんでいくわけが。わたしとお父さんが住んでる小さな家に、みんなで押《お》しあい、へしあいしながら暮《く》らさなきゃならないわけが。

フィオーナに赤ちゃんが生まれる。

わたしは荒《あ》れた。暴風雨《ぼうふうう》より、台風より、ハリケーンよりも大荒れに。わたしは怒《いか》りをそっくりまるめてつめこんだ少女になった。わたしの中に稲妻《いなずま》があって、その稲妻が骨《ほね》にかみつき、血の中で燃《も》えた。

そのひとことが、お父さんとわたしのあいだにバリバリ音をたてて落ちたとたん、わたしは玄関《げんかん》から外にかけだしていた。すぐあとからパブロが追いかけてきたのは、なにかの遊びだと思ったからだろう。わたしは海まで走っていった。靴《くつ》をぬぐ必要《ひつよう》さえなかったのは、はだしだったからで、気がつくと石や砂《すな》が足の裏《うら》に食いこんで痛《いた》かった。暗い水の中に飛《と》びこむと、鼻と口から出た泡《あわ》がいっせいに目の前を通りすぎていく。波は氷のナイフみたいに冷《つめ》たいのに、そうは感じない。足の指がこすれて皮がむけ、きず口に塩水《しおみず》がしみるのも感じなかった。わたしは、うちよせる冬の波にさからって、なにも感じなくなるまで泳ぎに泳いだ。

トム

ママは箱に荷物をつめている。二人の暮《く》らしをそっくり茶色い段《だん》ボール箱の中に。初《はじ》めて荷づくりした時は、段ボールやガムテープや引《ひ》っ越《こ》し屋《や》さんを準備《じゅんび》する時間がなかった。二度目は黒いゴミ袋《ぶくろ》でもっていけるだけで、二十分しかなくて心臓《しんぞう》がばくばくいってた。

今、ママは、コップやお皿や額《がく》ぶちをたしかめながら、ていねいに紙でつつんでいる。これはもっていこうか？　それとも、どこかに寄付《きふ》する？　ほんとはこの水差《みずさ》し、好《す》きじゃなかったの！　マーガレットおばさんにもらったんだけど、もう手ばなしてもいいわよね。おばさんが死んで六年になるし。ああ、この花びんはどうしよう。たぶん、ジョーがほしがると思う。明日、職場《しょくば》でわたすわ。おきみやげよ！

ぼくはママが選《えら》ぶのを手伝《てつだ》う。なにもかもがものすごい速さで回って、流れて、起こるから、ぼくはその場でくるくる回ってるみたいで、まわりがぼやけてよく見えない。今までの引《ひ》っ越《こ》しより時間はある。秘密《ひみつ》じゃないし、ひそひそ声で夜中に準備《じゅんび》するわけでもない。その話を知らされて、なにもかもが一気に変《か》わってしまってから三か月あった。ママはそのあいだに仕事をやめ、ぼくは学校で春学期（一月から四月にかけて）をすごし、今はこうして、ていねいに荷づくりする時間がある。それでもなんだかせわしないし、毎日が、ママのおなかの中で育っている新しい人の大きさではかられている。ぼくの弟か妹の。

　そして、ぼくらの今までの暮《く》らしが目の前にならんでるのを見るのは、やっぱり妙《みょう》な気分だ。ふぞろいで、その場しのぎのものばかり。次の家にもっていけなかったものがたくさんあって、そのつど買いそろえてきたから、こうして見るとみんなばらばらだ。でも、ぼくとママはいつもいっしょだった。今、なんだか落ちつかなくてこわいのは、ぼくたち二・五人がいきなり入っていって、うまくやっていけるかどうかわからないからだ。

ソフィア

　わたしは段《だん》ボール箱で砦《とりで》を作った。三階か四階、なんなら五階建《だ》てにしたかったし、寝室《しんしつ》が六つ、プールとホッケーグラウンドと馬小屋と、空の天井《てんじょう》にとどくくらい高くて侵入者《しんにゅうしゃ》を見おろせる城壁《じょうへき》がほしい。まあ、入ろうとするのはお父さんか、うちの猫《ねこ》か犬くらいのものだろう。

それでもこっちが高いところにいれば有利《ゆうり》だ。上から見おろせれば、矢を射《い》かけてしとめられる。中に入れてやるのはたぶんパブロだけだけど、段ボールがかじられちゃうかもしれない。パブロは前に、段ボール箱をかじって中に入ってた犬用ビスケットを一度に十六個《こ》も食べ、じゅうたんの上に盛大《せいだい》にはいたことがある。わたしは笑《わら》っちゃったけど、お父さんはあとしまつをしなきゃならなかったから、そんなにおもしろいとは思わなかったみたい。

それはともかく、段《だん》ボール箱で砦《とりで》を作ったら、ものすごく高いかべをめぐらせた一階建《だ》てになってしまった。なぜなら、つぶした段ボールで作った二階の床《ゆか》は、中くらいの猫《ねこ》一匹《ぴき》の重さもささえられなかったからだ。フリーダは、シャーッ、とうなって逃《に》げていったけど、ちゃんと足から着地してたし、そもそもあの子が勝手に段ボールの床がもつかどうかためしたんだから、わたしに怒《おこ》るのはすじちがいだ。

今、うちには荷物を入れた段《だん》ボール箱がいっぱいある。でも、別《べつ》にわたしたちが引《ひ》っ越《こ》しするわけじゃない。もしそんなことになったら、わたしは庭にわたしだけの砦《とりで》を作ってとじこもる。お父さんは勝手にどこかへ行って暮《く》らせばいい。次にこの家を買った人たちが、わたしを養子《ようし》にしてくれるかもしれないし、その人たちは妊娠《にんしん》した彼女《かのじょ》や変《へん》な息子《むすこ》をつれてこないかもしれない。わたしの問題はぜんぶ解決《かいけつ》するし、おこづかいだってふやしてもらうチャンスだし、もしかしたらタランチュラだって飼《か》えるかも。タランチュラはデレクって名前にするんだ。

箱はみんな、がらくたを入れるためだ。お父さんはがらくたって言ってるけど、わたしは宝《たから》物《もの》だと思う。がたがたするあの三本脚《あし》の椅子《いす》も、コードがぼろぼろになった古い電気スタンドも、さびたスパナや、わたしが五歳《さい》の時、お父さんと二人でディズニーランド・パリへ行って買ってきたミッキーマウスの耳も、みんなわたしたちのものだし、とっておくべきだとわたしは思う。ミッキーの耳は、さっき見つけた時からつけてるけど、ワシのかぎつめでつかまれたみたいに頭をしめつけてくる。わたしはこの城《しろ》で暮《く》らすネズミの王様だ。フリーダ、おまえが逃《に》げていってくれて助かったよ。

お父さんと二人で、二部屋分の荷物をそっくり片《かた》づけようとしてる。部屋のひとつは、お父さんがその週、どれだけそこで仕事をしたかによって、書斎《しょさい》って呼《よ》んだり、物置《ものおき》って呼んだりしてる部屋だ。ほんもののネズミにちょうどいいんじゃないかってくらいせまい。人間のお父さんがこの部屋に入ると、不自然《ふしぜん》に手足を折《お》りたたんでるように見える。お父さんはすごく背《せ》が高い。まるで、もとはふつうの身長だったのに、だれかに体中の皮膚《ひふ》や骨《ほね》をどんどん引っぱられてのびちゃった感じ。どのドアを通る時も頭をぶつけそうになるから、そのたびにかがんでたら、なにもないところでも背中をまるめたままになった。お父さんはわたしのことをチビって呼《よ》ぶ。でもわたしは、ケートー組では男の子もふくめていちばん背が高い。モーが少し追いついてきてるけど。

もうひとつは予備《よび》の部屋。ってことは、わたしに言わせれば、まさかの時に必要《ひつよう》なものをしまっておく部屋のはずだ。中にあるのはがらくたなんかじゃない。その部屋で、わたしは今、砦《とりで》を作っている。ほんとうは、こんなふうに小さな王国なんか作ってないで、箱にものをつめなきゃいけない。床《ゆか》に積《つ》みあがった雑誌《ざっし》の山をつま先でつついてみると、あぶなっかしげにゆらゆらゆれて、一瞬《いっしゅん》、ああ、わたしはこんなふうにして死ぬんだ、一九八六年から今までの全《ぜん》巻《かん》がそろっている「英国《えいこく》医学ジャーナル」の下じきになるんだ、と思った。

死ぬ前になんて言おうか考えてたら、医学雑誌《ざっし》の山はたおれずにもとにもどったので、わたしはとなりに積《つ》んである箱にそっと近づき、なにが入ってるか見てみた。ほとんどは、ほんとうにがらくたみたいなものだけど、ときおり、小さいころたいせつにしていたものが見つかった。黄色いプラスチックのティーポットとか、ブリキでできた兵隊《へいたい》とか……。わたしは兵隊たちを砦《とりで》のまわりにぐるりとならべ、ティーポットをもって中に入ろうとした。プラスチックのティーポットをもったまま手をついて入るのはやっかいで、ドアをもうちょっと高く作っておけばよかったと思っていると、部屋のドアがあいてお父さんが入ってきた。わたしは砦の中に半分入りかけてて、まっ黄色のティーポットを胸《むね》にかかえ、頭に五歳児用《さいじよう》のミッキーマウスの耳をつけ、まわりをブリキの兵隊にかこまれてた。部屋のまん中には段《だん》ボール箱でできた大きな砦がある。それ以外《いがい》、部屋の中にあるものは、ほとんどお父さんがさっき出ていった時のままだ。

お父さんの口から出た言葉が部屋中に飛《と》びちり、わたしは、その言葉をつかみとっては指先ですりつぶしているところを想像《そうぞう》した。はじめは、怠慢《たいまん》とか堪忍袋《かんにんぶくろ》とか、灰色《はいいろ》の重たい花崗岩《かこうがん》でできたような言葉で、それから、とんでもないとかでたらめだとか、少し軽めの言葉がつづいて、そのうち空気みたいに軽い、やんちゃとか、野生児《やせいじ》とかになった。こういう言葉が出てくれれば安心だ。お父さんがそんなふうに言うようになれば、怒《いか》りもだいぶおさまっていて、そのうち急に笑《わら》いだしたりする。そして、お父さんが笑えば、もう言葉の重さをはかってすりつぶす想像はしなくていいし、お父さんの前まではっていって、砦《とりで》の中の寝室《しんしつ》を見せたり、どこにプールを作るつもりか教えてあげればいい。

トム

さよならを言ったらアダムズさんが泣《な》きだしたので、ぼくはびっくりした。あの人が泣くなんて、なんだか妙《みょう》な気持ちになって、紙ナプキンで花を折《お》ってあげた。そしたらアダムズさんはもっと泣いて、今度は笑《わら》いながら、こんなにきれいなもので涙《なみだ》をふいたりできないと言った。

ほしければもっと折ってあげると答えると、アダムズさんは、やさしくて勇敢《ゆうかん》な子だと言った。勇敢な子というのも親切で言ってくれたんだろう。だって、ぼくにはぜったいなれないものがたくさんあって、そういうものを順にならべたら、いちばんに来るのが勇敢な人だから。そう、ダントツでむり。なんなら、まるでかこって下に線を引いてもいい。アダムズさんは、しわだらけの手で折り紙の花をもち、知ってる？　日本ではね、ツルっていう鳥を折り紙で千羽《ば》折ったら、願《ねが》いごとがかなうって言われてるのよ。すてきじゃない？　と言った。うん、すてきだ。

アダムズさんは、てっぺんにかざり玉のついた手編《てあ》みの青い毛糸の帽子《ぼうし》をくれた。そして、生まれてくる赤ちゃんに、と言って、おそろいの黄色い毛糸の帽子をくれたあとで、お財布《さいふ》から五ポンド札《さつ》をぬいてさしだした。ぼくはことわろうとしたのに、アダムズさんはお札をぼくの手に押《お》しつけてにぎらせ、お母さんのこと、たのむわね、トム、と言った。

あとで、その黄色い毛糸の帽子《ぼうし》をよく見てみると、きちんとそろった編《あ》み目《め》がまっすぐに何列もならんでいた。帽子は、ぼくの手とくらべるとありえないくらい小さい。この帽子がぴったりあう、そんな小さな頭がほんとうにあるんだろうか。胸《むね》の中でなにかがぴくりと動き、骨《ほね》に根をはっているパニックのつるより、ずっと大きくはっきりとはねた。帽子は折《お》り紙《がみ》を入れておく箱にしまった。

その夜、ぼくはツルの折《お》り方《かた》をおぼえた。首が長くて翼《つばさ》の先がとがった鳥を七羽《わ》折って、からの段《だん》ボール箱に入れた。
ぼくはいくつか願《ねが》いごとを思いうかべてみた。そして、その願いがかなうところも。

ソフィア

お父さんはわたしに、段《だん》ボール砦《とりで》の建設《けんせつ》——お父さんに言わせると荷物の整理——を休憩《きゅうけい》して、熱い紅茶《こうちゃ》とトーストの時間にしようと言った。紅茶もトーストもわたしが用意したんだけど、ミルクをちょっぴりこぼして、パンをふた切れ床《ゆか》に落とした。でも、パブロがあっというまになめて食べちゃったから、なにもなかったことにしておく。お盆《ぼん》にのせてキッチンのテーブルにはこんでいくと、お父さんはにっこり笑《わら》って、気がきくじゃないか、とほめてくれた。

お父さんは紅茶《こうちゃ》に砂糖《さとう》とレモンしか入れない。わたしも一度ためしてみたけど、飲めたものじゃなかった。まるでだれかがティーバッグをそのままわたしののどにつっこんで、ごていねいに、あとからなにかすっぱいものをたらしたみたいで、思わず目に涙《なみだ》がにじんだ。せきこんだり、むせたり、お父さんから野生児《やせいじ》って言われたりするのにいそがしくて、紅茶のあたたかいあまみなんてぜんぜんわからなかった。だからお母さんがしてたみたいに、紅茶にはミルクを入れて飲む。でも、カップはお父さんのにてる。ガラス製《せい》で、持ち手がついた金属《きんぞく》のホルダーに入ってるから、やけどして指紋《しもん》がとれちゃったりすることはない。よくポーランドの人が紅茶を飲む時に使うやつだ。イギリス人は子猫《こねこ》や花柄《はながら》、ときには下品な言葉がプリントされたマグカップで飲む。わたしは半分ポーランド人で半分イギリス人だから、このガラスでできたカップにマジックで下品な言葉を書いて、その上からフリーダの絵でも描《か》けばいいのかもしれない。お父さんはいつも、むこう側《がわ》がすけて見えないものは飲むな、と言っておいてから、毒《どく》を飲んだみたいに苦しそうなふりをしてみせる。わたしも飲まされたことがあるからわかるけど、お父さんの紅茶はすごくこい。それに、本気で毒をもろうと思ったらしっかり溶《と》かすだろうから、見ためだけじゃわからないはずだ。

お父さんは紅茶《こうちゃ》をひと口飲んだだけで、目の前にある「英国《えいこく》医学ジャーナル」はひらかなかった。たぶん、この号も、あとであの雑誌《ざっし》の山の上にのせられるんだろう。そして、そのはずみで山がくずれてフリーダが下じきになるかもしれない。かわいそうに、フリーダはまだ、砦《とりで》の床《ゆか》がぬけた時のショックから立ち直ってない。パブロにトーストをわけてやると、ぬってあったマーマイト〔イギリスでよく食べられている、独特のにおいがある塩からい発酵食品〕をぜんぶなめてから、パンは床《ゆか》に落とした。変《へん》な犬だ。

このテーブルだとちょっとせまいかもな、とお父さんが言った。わたしがきまりわるそうに顔を上げたのは、テーブルの上にあるものを犬にやるのは、してはいけないことリストの上からひとつ目かふたつ目だと、パブロがテレビのリモコンやソファをあちこち食べちゃった時に、〈ハッピーハウンド〉のドッグトレーナーから言われてたからだ。わたしがのどの奥《おく》からブタがうなるような音を出すと、お父さんはくるりと目を回し、くりかえした。**もう少し大きなやつがいると思わないか？**　わたしは、もう一度うなった。わたしはこのテーブルが好《す》きだ。お母さんとお父さんが床用《ゆかよう》の板をはりあわせて作ったやつで、そのころの二人にはお金がぜんぜんなくて、わたしもまだ生まれてなくて、でも床板はあった。わたしは四歳《さい》の時、このテーブルの上にフェルトペンでていねいに自分の名前を書いた。ゾフィアのZがうらがえしになってて、角がとがったSみたいになってるのがいい。だれかにきかれるたびに、**ちがうよ、ゾフィアだから、ほんとはZから始まるんだ。ううん、ソフィアじゃない。にてるけど、最初《さいしょ》が「S」じゃなくて「Z」。Zofiaだよ、**みたいな説明を、何度も、いつまでも、永遠プラス次の日もくりかえさなきゃならないけど。

明日、IKEAに行こうか、とお父さんが言ったので、わたしは急に元気になった。IKEAにはミートボールと、自分が巨人《きょじん》になった気になれるメモ用の小さな鉛筆《えんぴつ》がおいてある。でも、お父さんはつづけて、**フィオーナとトムも行きたがるかもな、**と言ったので、わたしは思わずうなりそうになった。そしたらお父さんはなにか思いだしたらしく、使いこんだ黒いスケジュール帳をあわててめくり、やっぱり明日は仕事だったと言った。わたしは三度目のうなり声をあげ、トーストの残《のこ》りをパブロにやった。床《ゆか》についたベトベトの食べこぼしは、お父さんが立った時に足をすべらせるよう、そのままにしておく。もう、気のきいたことなんてしてやるもんか。

トム

今日はトレヴァートン小学校での最後《さいご》の日。

今までとはちがう。ママは何度もそう言った。**今までとはちがうのよ、トム。今度は前むきな引《ひ》っ越《こ》しで、楽しい毎日が待ってるわ。海から吹《ふ》く風のことを考えてごらんなさい。泳ぎにもいけるし……。**ママはそこで気がつき、声が小さくなってだまってしまう。ぼくが泳ぎたがらないことはわかってるから。

離岸流《りがんりゅう》があったり、潮《しお》の流れが速かったりするかもしれない。

クラゲやサメがいたり、

海藻《かいそう》がまきついて脚《あし》を引っぱられたり、

塩水《しおみず》が目や肌《はだ》や肺《はい》にしみたりして、息をしようとしても空が見えないかもしれない。

学校では、みんなカードに名前を書いてくれた。先週、ぼくが跳《と》び箱《ばこ》から飛《と》びおりられなくて、マッキー先生におろしてもらった時、ぼくのことを弱虫《チキン》と言ってニワトリの鳴きまねをしてからかったジョージも。でも、名前しか書いてない子がほとんどで、また会おうね、と書いた子もいるけど、本気じゃない。ほかになにも書くことがない時に書くせりふだ。ぼくが転校するのを、ほんとにさみしがってる子なんてだれもいない。だって、ぼくは授業中《じゅぎょうちゅう》も休み時間もほとんどしゃべらないし、この学校に通いはじめたのは五年生からなのに、ほかの子たちはみんな、小学校に上がる前からおたがいのことを知ってるからだ。ぼくは変《か》わり者《もの》ってことになってる。一度コナーに、光を虹《にじ》に変《か》える方法《ほうほう》や、紙を木にもどす方法を知ってるか、ってきいたら、コナーはみんなに、こいつ頭がおかしいぞ、と言った。それ以来《いらい》、もうだれも、ぼくとまともに話そうとする子はいなくなった。

ぼくはいつも、はしのほうにだまってすわってただけだから、いなくなっても席《せき》がぽっかりあくことはない。

最後《さいご》のベルが鳴り、ぼくは上着とバッグをもって弱々しい春の光の中へ歩きだし、うしろはふりかえらなかった。

どうってことないと思ってた。

転校や引《ひ》っ越《こ》しにはなれてる。

でも今度は、ママが言うように、ちょっとちがう。
これからはもう、二人だけじゃない。

ソフィア

ドモをつれずに海へ行ったのは、どう見ても練習がたりないと思ったからだ。ウェットスーツを着て、背中《せなか》のジッパーにつけた長いリボンを手でさぐる。リボンをつかんで上まで引きあげるのがたいへんで、体をうらがえしにしないと手がとどかないんじゃないかと思った。ジッパーをしっかり上げたら、歩いて海に入っていく。パブロがうしろでほえてるのに追いかけてこなかったのは、すごくバカな犬だけど、そこまでバカじゃないからだ。水はとっても冷《つめ》たくて、手首のあたりが変《へん》な紫色《むらさきいろ》に変《か》わっていく。下を見ると、波に洗《あら》われている足が海の中で不《ぶ》気味《きみ》な緑色に見えた。目をとじて体を前に投げだし、大砲《たいほう》の弾《たま》が落ちたみたいな水しぶきを上げて頭から水中に入る。

でも、あっというまに世界が変《か》わったり、音がすっかり消えて、なにもかもが遠くはなれて完璧《かんぺき》になったりはしなかった。なにかがおかしい。まただ。ダンクの時とちがうし、バスタブの中ともちがう。いつもなら、潮《しお》に洗《あら》われて波とひとつになって泳ぎはじめると、生まれかわったみたいに最高《さいこう》の気分になれるのに、そうはならない。

ゆらゆらゆれる緑がかった海中の風景《ふうけい》がうすれ、お父さんとフィオーナとトムが、生まれたばかりの赤ちゃんといっしょにいる映像《えいぞう》が浮《う》かんだまま消えてくれない。みんな笑《わら》っていて、お父さんがトムの髪《かみ》をくしゃくしゃにする。わたしはその輪《わ》の中にいない。生まれかわって遠くはなれた新しい世界に入ったようなあの感覚《かんかく》はすぐにうすれ、クラゲにさされたみたいに肌《はだ》がひりつき、肺《はい》が石になった気がしてくる。息をすおうとしても、ストローですってるみたいだ。足をけりだし、むきを変《か》え、水中を進み、筋肉《きんにく》が悲鳴をあげるまでがんばっていると、そのうち、その悲鳴が無視《むし》できないくらい大きくなった。心臓《しんぞう》が肋骨《ろっこつ》の内側《うちがわ》から飛《と》びだそうとしてる。目の前に星がちかちかして、黒いクラゲのようなものが飛びすぎていく。どうにかなっちゃいそうなのにそれを止められなくて、わたしはくるりと上をむいて浮かぶと、雲を数え、息をすおうとした。雲を二十個《こ》数えたところで心臓は飛びだそうとするのをやめ、凍《こお》りついていた肺が動きはじめた。

立ち泳ぎしながらフィジーをじっと見る。まさか動いたりしてないよね？　場所が変《か》わってる？　海岸ははるかうしろにあるのに、岩は今までより沖《おき》にあるような気がする。あそこにむかって泳ぎつづけたいけど、わたしだってバカじゃない。これ以上《いじょう》つかれて、それでもまだ沖に出ていこうとしたら、きっとおぼれるだろう。だから岸にむかって、近くにいたカモメとなかよくなろうとしてるパブロにむかって、ゆっくりゆっくり泳いでいく。カモメはあんまり乗り気じゃなさそうだった。

水をポタポタたらしながら家までの坂道をのぼり、床《ゆか》をぬらしてお父さんからぶつぶつ言われないように、庭に入ったところで犬みたいに体をゆすって水をはじきとばす。それから熱《あつ》いお風呂《ふろ》にはいったので、湯気がどの窓《まど》にもついていて、わたしはつま先から頭のてっぺんまでピンク色になった。

そのあとで予備《よび》の部屋へ行ってみた。今はがらんとしていて、昨日《きのう》とどいた新しいシングルベッドがおいてあるだけだ。海に面した大きな窓《まど》が少しあいてるのは、風を入れてかびくさい空気を外に出すため。部屋の中は潮《しお》の香《かお》りと海藻《かいそう》のにおいでいっぱいだ。さっきはいったいどうしたんだろう。わたしは泳ぎがじょうずなはずだ。バスローブをはおって床《ゆか》のまん中にすわりこむと、フリーダがひざの上に乗ってきた。

トム

アパートの部屋はがらんとしてる。家具があったところには、白いかべにうっすらあとが残《のこ》っていた。ソファや額《がく》ぶちの幽霊《ゆうれい》がならんでるみたいだ。いらないものは、人にあげたりネットで売ったりした。あとはぜんぶ、今朝、ネヴっていうものすごく大きな男の人となにもしゃべらない二人の息子《むすこ》が来て、トラックに積《つ》んでしまった。

たいせつにしてるものはなかなか箱にしまえなかった。ママからは、ネヴが来たらすぐ積めるよう、前の日の夜にはぜんぶしまいなさいと言われてたけど、そんなことをしたら、がまんできずに夜中にまた箱から出していただろう。カーテンごしにさす朝日で部屋がだんだん明るくなってくるまで、ぼくは折《お》り紙《がみ》でツルを折っていた。

それから、出しておいたものをみんな、自分で箱に入れた。そうは見えないかもしれないけど、ぼくにとってはたいせつなものばかり。紙で作った町。正方形の紙から折《お》った、翼《つばさ》が動く鳥や鼻の先が赤いキツネ。木切れを接着剤《せっちゃくざい》でくっつけて作った小さな鳥小屋。ものすごく古い懐中《かいちゅう》時計は、中の歯車がごちゃごちゃに見えるのに、ぜんぶちゃんとした場所にあって完璧《かんぺき》にかみあっている。まあ、ほぼ完璧に。あとはどうすれば動くかつきとめるだけだ。

懐中電灯《かいちゅうでんとう》をポケットに入れる。

ママは掃除機《そうじき》をかけてる。赤ちゃんがおなかにいるのにだいじょうぶなんだろうか。平気だと言われたけど、やっぱりかわってあげたら、ぼくの頭の中は、ブーン、グルルル、という掃除機の音でいっぱいになった。うすよごれたカーペットの上を何度も往復《おうふく》して、掃除機の中の袋《ふくろ》がほこりでぱんぱんにふくらんだ。袋をからにして手を洗《あら》い、部屋の中を見まわしてみる。二人だけの暮《く》らしはこれでおしまい。こんなにゆっくり荷物を準備《じゅんび》したのは初《はじ》めてだ。出ていく前にアパートをからっぽにするのも初めて。

この前は懐中電灯《かいちゅうでんとう》さえもって出られなかった。

ソフィア

今夜は、わたしとお父さんだけですごす最後《さいご》の夜。これがほんとうのことだなんてちょっと信《しん》じられない。あの二人は気が変《か》わって来ないんじゃないかとか、寝《ね》る前にチーズを食べすぎて悪い夢《ゆめ》を見てるだけかもしれないとか、ずっと考えてる。でも、わたしが好《す》きな乳製品《にゅうせいひん》はミルクシェイクとオレオくらいだし、ほっぺたをつねるとほんとに痛《いた》かった。

お父さんはビーンズ・オン・トースト（イギリスでよく食べられている、トーストにバターをぬって上に煮豆をのせたもの）を作って、チリソースをよぶんにかけ、わたしの好《この》みのからさにしてくれた。そして、いつもは土日にしか飲んじゃいけないことになってるミルクシェイクを飲ませてくれた。あとは二人でソファでまるくなって、わたしの好《す》きなジブリ映画《えいが》を見た。お父さんは、いつもならジブリの作る映画がどんなに奇妙《きみょう》かって話をするのに、今日はじっとだまってる。おなかがキュッとちぢんだ気がしたけど、それはチリソースのせいじゃなかった。こんな夜はもう二度と来ない。

トム

それからぼくらは、ママのくたびれた青い車に乗って出発した。スピードを出しすぎるとガタガタ音がするので、シートの横をこぶしの骨《ほね》が浮《う》きでるくらいがっちりにぎってた。でも、ネヴの大きなトラックに乗るよりましだ。ネヴのがっしりしたこぶしは、段《だん》ボール箱をもっと怒《おこ》ったみたいに赤くなる。

出発する前、ぼくはがらんとした部屋を回ってアパートにさよならを言った。今日は声をひそめてあわてて出ていかなくていいし、カバンは一人ひとつだけとか、満月《まんげつ》がのぼったらぬき足さし足で外へ出る、なんてこともない。

くねくねとまがる田舎道《いなかみち》をしばらく走ると、だんだん緑が多くなって花や木がふえてきた。家や建物《たてもの》が見えなくなり、町は小さく遠くなっていく。なんだかぼくも、小さく遠くなっていく気がした。

たいせつなものを入れた箱は後部座席《ざせき》において、シートベルトでおさえてある。ネヴにはこんでもらいたくなかったのだ。ネヴはお父さんみたいにくるりと目を回すと、かわりに食器《しょっき》を入れた箱をもってトラックにもどっていった。いらついてたのはわかったし、なにも言われなかったけど、そういうネヴの気持ちが、うずをまく雲のようにぼくらのまわりにただよっていた。

ママは、その箱はトラックではこんでもだいじょうぶだと言った。でも、もしネヴが急ブレーキをかけたり、カーブでスピードを出しすぎたり、崖《がけ》から落ちたりしたらどうする？

ソフィア

放課後《ほうかご》、クラスのみんなで海岸へ行った。わたしはいつまでもいたかったのに、それぞれやることがあるし、三十分もするとだんだん暗くなって、ケートー組はへっていった。ドモとわたしは残《のこ》り、砂《すな》の上にすわってドモのオレオをわけてもらったり、しばらくパブロにボールを投げて遊んだりしてぐずぐずしてたら、そのうち午後が夕方になり、夜になってもここにいようかなって思いはじめたころ、ドモがスマートウォッチを見て、もう帰る時間だと言った。わたしは、**やだ、ねえ泳ごうよ**、と言いかえして波うちぎわまで走り、靴《くつ》をはいたままバシャバシャ海に入っていった。追いかけてきたパブロは、足がぬれると警戒《けいかい》するようにほえた。ドモは肩《かた》をすくめて、頭おかしいんじゃないの、ってどなったけど、結局《けっきょく》、波うちぎわまで走ってきて、二人でもうしばらく水をはねたり、空にむかってバカみたいな歌を歌ったりした。

　先に気づいたのはドモだった。なぜって、わたしはちょうど、パブロが砂利《じゃり》を食べようとするのをやめさせようとしてたからだ。ドモは自分の家の前で立ちどまり、大声で、**今日だったの？　なんにも言ってなかったじゃない**、と言った。顔を上げると、ドモは、うちの前庭にとまっている大きなトラックを見ていた。わたしはいきなり立ちあがったものだから、血の気が引いて目の前にちらちら星が飛《と》んだ。その星のむこうに、わたしの人生をだいなしにするためにやってきた四角い大きな白い金属《きんぞく》のかたまりが見えた。

　ドスドス足をふみならしてキッチンに入っていこうとしたのに、靴《くつ》の中が海水でいっぱいで、ドスドスとはいかなかった。グチャグチャ音をたててキッチンに入り、すぐに立ちどまる。だれもいない。かべにかかってる大きな時計を見上げる。朝、学校へ行く前は針《はり》がどんどん進むのに、お父さんの帰りがおそいとじりじりとしか進まない時計だ。でも、たしかに言われてた時間で、わたしはほとんどおくれてなかったし、トラックもすぐ外にとまってた。

なのに、しんとしてる。静《しず》かなのは好《す》きじゃない。

グチャグチャ音をたてて二階へ上がり、大声でお父さんを呼《よ》ぶ。そうすればお父さんが書斎《しょさい》から顔をのぞかせるだろうと思ったからだけど、あの部屋はもう、お父さんの部屋じゃないってことをわすれてた。でも、お父さんは顔をのぞかせた。顔になにか黄色いものが飛《と》びちっている。一瞬《いっしゅん》、病院で患者《かんじゃ》さんからなにかおそろしい病気でももらってきたんじゃないかと思った。でも近づいてみると、黄色いのはお父さんだけじゃなかった。お父さんはその小さな部屋を、ヒマワリみたいな明るいまっ黄色にそっくりぬりかえていたのだ。お父さんはまるで自分がその色を発明したみたいに、にっと笑《わら》った。

明るくなっただろ！　元気が出るぞ！

わたしはまぶしくて目が見えなくなりそうだと思いながら、のろのろとうなずいた。

赤ちゃんが気にいるだろうと思ってさ。お父さんがうれしそうに言ったので、とたんに目の前がそっくり白黒の世界になった。

トム

ぼくらがその家の前に車をとめた時、ネヴ親子はトラックの中でじりじりしながら待っていた。ネヴが、近ごろの人はもう、どの道を通ったらいちばん早いかわかってない、とぶつぶつ文句《もんく》を言うと、雲みたいにただよっていたタバコの煙《けむり》が黒ずんだように見えた。でも、ママがにっこり笑《わら》いながら、待ってくれていたことにお礼を言うと、その雲は風に乗って飛《と》んでいった。

ぼくも、ほっと息をはいた。

ネヴと息子《むすこ》たちがトラックの荷台の扉《とびら》をあけると、それにあわせたように家のドアがあいた。そこにはマレクが腕《うで》を大きく広げて立っていた。

マレクがママをだきよせ、一瞬《いっしゅん》、ポーチの上の二人だけに光があたっているように見えた。マレクは手をのばしてぼくの髪《かみ》をくしゃくしゃにしたので、ぼくは耳のまわりに風が起こるくらいすばやく頭をうしろに引いた。気まずい空気が流れ、パニックの虫がむずむずしはじめる。

マレクは両手をズボンのポケットにつっこむと、**トム、来てくれてとってもうれしいよ。長**

いあいだこの日を待ってたんだ。きみの部屋を見るかい？と言った。やさしい声だったけど、ぼくはママを見た。ママはうなずき、どの荷物をどこにおくかネヴに教えたら、すぐに行くから、と言った。でも、ぼくはマレクとは家に入らず、ママがネヴに荷物のおき場所を教えるまで待ってから、いっしょに中に入った。

ゾフィア

鳥の羽《は》根《ね》みたいにやわらかいノックの音が聞こえて、お父さんが、ゾフィア、**おりてきて、あいさつしてくれないか**、と言ったけど、わたしにその気はない。あの人たちが、これはとんでもないまちがいだったと気づいて、また、わたしとお父さんとフリーダとパブロだけになってからじゃないと、この部屋から出るつもりはない。

それか、おなかがへってどうしようもなくなるまでは。

トム

ママとマレクが、ぼくを部屋に案内《あんない》してくれた。明るいグレーのかべがゆがんでかたむいてるのは、建物《たてもの》がすごく古いからだ。海から吹《ふ》く風がこの家をこんな形にしてしまったんだろう。床《ゆか》が木でできていて、床板のあいだに闇《やみ》がかくれるすきまがあるのがすぐにわかった。

大きな窓《まど》から海が見える。マレクはそれがいいことだと思ってるらしく、何度も説明《せつめい》してたけど、ぼくは見たくなかったし、見ると頭がくらくらした。波が引いてはよせ、空にむかってもりあがるので、まるで船に乗ってるみたいだ。はじめのうちは気持ちが悪くなって、なのに、なかなか目をそらせなかった。海は太陽の光できらきら光っている。

マレクが天井《てんじょう》を指さし、ママがぼくの腕《うで》をぎゅっとにぎったので、見上げてみると、プラスチックの星がたくさんはりつけてあり、うずをまいたり、銀河《ぎんが》を作ったりしてた。昼間なのにぼんやり緑色に光っていて、たぶん暗くなればもっと明るく光るんだろう。マレクはにっこり笑《わら》って、気にいるだろうと思ってさっきはったところだと言った。

たしかに気にいったし、こんなにやさしくしてくれて、なんて言ったらいいかわからない。でも、そのやさしさが変《か》わるかもしれないこともわかってる。

お父さんだって、リビングをぐるっと回る模型《もけい》列車の線路を作ってくれたことがある。

ゾフィア

あたりまえだけど、二人が来て一時間もたつころには、ものすごくおなかがへってた。昼ごはんを食べたのはもうずいぶん前だし、オレオはおいしいかもしれないけど満腹《まんぷく》にはならない。おなかがグルグルいって、フリーダが、「ん？」って顔をした。トラックがタイヤをすべらせながら走りだし、砂利《じゃり》が窓《まど》にむかって飛《と》んできたのでパブロがほえた。わたしはまだ自分の部屋にいる。だれも呼《よ》びにこないし、どうしてるか見にこないし、かんたんに食べられるものももってきてくれないし、飢《う》え死《じ》にしてないか調べにもこない。

わたしは海水がかわいてごわごわになった靴下《くつした》をはいたまま、ドタドタと階段《かいだん》をおり、キッチンの入口に立った。三人は、わたしが「Ｚｏｆｉａ」のＺをうらがえしに書いたテーブルにすわり、湯気が上がるスパゲッティを食べていた。パブロは男の子のひざにあごをのせている。裏切者《うらぎりもの》。あいつはスパゲッティが食べられさえすればいいんだ。お父さんがこっちをむいて、ああ来たか、コハーニェ、こっちへ来て食べなさい、と言ったけど、トムとフィオーナがいるから、そもそもわたしのすわる場所がない。フィオーナは片手《かたて》をトムの手にかさね、もう片方の手を、早くも赤ちゃんをあやすように自分のおなかにあてていた。

むかつく赤《あか》ん坊《ぼう》だ。なにもかもぶちこわしてるのに、まだ生まれてもなくて、この先もまだしばらく生まれてこない。別々《べつべつ》に暮《く》らそう、って言ってたのに、それが、トムの学校の春学期が終わってフィオーナの町での仕事の契約《けいやく》が切れたら、になり、とつぜん、さあ急いで、今すぐわが家に来て寝起《ねお》きしてくれなんて、どうかしてる！　それでも、仕事とか学校とか、いろいろ整理するのにけっこう時間がかかってたから、わたしはずっと、結局《けっきょく》、二人はうちに来なくて、遠くの町にそのままいるんだろう、今までみたいに何週間かに一度会えばすむ、ただ、ちがうのは、その時、部屋のすみで赤ん坊が泣《な》きわめいてるだけだ、って思ってた。でも、手帳に引《ひ》っ越《こ》しの日付《ひづけ》が書きこまれ、その日が近づき、とうとう波のようにどっとおしよせてきた。

目の前でテーブルをかこんでるのは理想の家族だ。父親と母親、おなかの中の赤ちゃん、小さい男の子と犬が、海に反射《はんしゃ》した夕日に照《て》らされている。まるで、ほんとうは鶏《とり》ガラスープの宣伝《せんでん》なのに、一家だんらんを売ってるみたいなテレビCMを思いだす。トムがパブロにスパゲッティの切れはしをやっている。てっきりお父さんは、いつもわたしに言うみたいに、やめなさいって言うと思ったのに、笑《わら》ってるだけなので、わたしは頭に血がのぼった。トムはクスクス笑い、おどろいた声で、ベロがくすぐったい、と言った。お父さんはもう、わたしが戸口に立って、すわる場所をあけてもらうのを待ってることをわすれてる。三人が声をあわせて笑い、パブロにお手をさせて、耳のうしろをかいてやったり、スパゲッティの切れはしをやったりするのを見ているうちに、もう、スパゲッティなんて食べたくなくなった。

わたしはそっと砂浜《すなはま》におりていき、うちよせる波に目をこらした。今夜は月が明るい。わたしは一人ぼっちで、ただ海の音だけがひびいてる。

トム

一日目の夜はねむらなかった。

アパートの部屋で使ってた照明《しょうめい》はぜんぶもってきたし、懐中電灯《かいちゅうでんとう》も、羽毛《うもう》ぶとんも、折《お》り紙《がみ》用の紙も、そして、たいせつなものを入れてそっとはこんできた箱もある。

天井《てんじょう》にはってある星を数えて、頭の中にあるいろんな思いを、塩《しお》入れをふって塩を出すみたいに、からにしようとした。そうして、うとうととねむりかけるたびに、うちよせてくだける波の音で必《かなら》ず引きもどされた。しかたなく、星をちりばめた天井をじっと見上げる。そして紙の星を折《お》ってみたけど、星は手の中でくしゃくしゃになり、この日は折り紙をしても手のふるえは止まらなかった。今日こそこれが役にたつと思い、次々にツルを折ってみても、みんな、まがったり折れたりした。首は悲しそうに横をむき、翼《つばさ》はくしゃくしゃになってやぶれた。

ぼくはママのために幸せになりたい。やさしくて、勇気《ゆうき》のある、いい子になりたい。さわぎを起こしたくない。ほんとは二人だけで暮《く》らしたいし、ここにいるのがいやなことはママに知られたくない。ゾフィアはマレクを一人じめできなくなるのをこわがってる、ってママは言ったけど、ぼくだっておなじだ、とさけびたかった。でもそのあとで、ゾフィアは生まれてから一度も、なにかをこわがったことなんてないんだろう、と思った。ゾフィアは、ぼくにいてほしくないだけだ。

パブロはけっこう大きくて元気のいい犬だから、おなじ家の中で暮《く》らすのが心配だったし、はじめて会った時は飛《と》びはねたので、ぼくはしりもちをついてしまった。でも、ぼくはパブロが大好《だいす》きだ。マレクはぼくに、この犬はラブラドゥードゥルという種類《しゅるい》だから、まぬけで気分屋だ、と言った。そして、もう少し行儀《ぎょうぎ》がよくなるようにしつけているところだ、と。でも夕食の時、パブロはぼくの手からスパゲッティを食べたし、すごくおとなしくしていて、こっちを見ておかわりをねだったからうれしくなった。

朝、起きると(ぜんぜん寝《ね》れなかったから、目をさますと、とは言えない)、また新しい制服《せいふく》を着た。でもここでは緑色のセーターを着るだけで、ズボンや靴《くつ》は好《す》きなものをはいていける。教室では自分のスリッパにはきかえてもよくて、こういうのは初《はじ》めてだったけど、ママは、楽しそうね、とにかくスリッパを買わなきゃと言った。

ゾフィアは、自分の名前が書いてあるキッチンのテーブルにむかってすわり、顔をしかめて足をけりだしていた。パブロはゾフィアがトーストの切れはしを落とすのを待ってたのに、ぼくを見ると立ちあがってかけよってきた。耳をかいてやると、ゾフィアはいっそう顔をしかめ、ぼくがすわると席《せき》を立った。胸《むね》の中でなにかがちくっとした。そして、ゾフィアがいなくなってほっとしたし、パブロが近づいてきてくれてうれしかった。

ゾフィア

わたしは、犬どろぼうの男の子をつれて登校しなきゃならなかった。お父さんに言われた時、あの子もあんまりうれしそうじゃなかったけど、なにも言わずに、いかにもいい子ですって感じで、自分から洗面所《せんめんじょ》へ行き、歯をみがいて顔を洗《あら》ってた。お父さんは、**いいか、やさしくしてやるんだぞ、勇気《ゆうき》を出すんだ、ゾフィア。今までとちがうし、たいへんだってこともわかっ**

てるが、たのむぞ、と言ったので、わたしはフリーダみたいにうなり、それ以上《いじょう》お父さんの話を聞くのをやめた。わたしはいつだって勇気《ゆうき》があるし、なんにもこわくないし、たいへんなことなんてない。お父さんは、なに言ってるんだ。

あいつと二人で砂利《じゃり》をふんで歩いていく。ドモは家から出てくると、ひそひそ話をしてるつもりで、じゃあ、その子がそうなの？と言ったので、トムの耳がホタテガイのへりみたいにピンク色になった。トムがひよこっぽい弱々しい声で、やあ、と言うと、ドモはとなりに行って、カートゥーン・ネットワークで見たアニメの話を早口でしはじめた。トムは目をぱちぱちさせてうなずいてた。

海岸ぞいの細い道の両側《りょうがわ》には、こい紫色《むらさきいろ》のヒースが広がり、あちこちにたけの高い草がかたまって生えている。海は朝の空気の中でだんだん青くなり、わたしはふらふらと波うちぎわに近づいていったのに、トムはドモとならんでまっすぐ前を見たまま道を歩いていく。

学校へ行く前に泳いでかない？気がつくとわたしは、砂浜《すなはま》から二人にむかって声をはりあげていたので、自分でもおどろいた。わたしの海にトムは入ってほしくないけど、うちよせる波の音と海のにおいが磁石《じしゃく》のようにわたしを引きよせる。ドモはそれもいいかな、って顔でトムを見た。でもトムは、あわてた鳥がバタバタとはばたくみたいに首を横にふり、わたしはまた血がかっと熱《あっ》くなるのを感じながら、大またで二人のそばにもどった。

水は苦手なんだ、とトムはささやいたけど、わたしじゃなくてドモにむかって言ったので、わたしは、この弱虫、いくじなし、こしぬけ、と思ってた。そしたらドモが、泳いだら遅刻《ちこく》するし、それに今朝はほんとに寒いからね、トム、と言った。わたしは空にひびが入るんじゃないかってくらいものすごい目でドモをにらみ、そこから学校まで歩くあいだはだれもなにもしゃべらず、三人のあいだで空気がうなってるみたいだった。

トム

泳ごうって言われたけど、ぼくはとても、うん、とは言えなかった。海は昨日《きのう》の夜、闇《やみ》の中で明るく光ってたのに、今はちがう。すっかりようすが変《か》わっていて、とてもそんな気になれない。寒いし、鋼《はがね》のような灰色《はいいろ》が、深くて暗い水の上をおおっている。

お父さんがいたら、海に入れと言っただろう。三人で海へ行った時、お父さんはぼくの手をつかんで水の中まで引きずっていくと、ほら、楽しいだろう、とどなった。でも、ぼくはぜんぜん楽しくなくて、なぜなら、ぼくはいくじなしで、あの時も、そして今も勇気《ゆうき》がないからだ。海はぼくをのみこみ、水が鼻に入ってきて、お父さんはぎりぎりのところでぼくを引っぱりあげると、まだ目の中で星がちかちか光って肺《はい》に塩《しお》がすりこまれてるみたいに苦しいのに、こう言ったんだ。まさか、本気でおまえをおぼれさせようとしたなんて、思ってないだろうな？

そういう記憶《きおく》がぶくぶくと頭の中にあふれてきて、ぼくは首を横にふり、ドモは親切にしてくれたけど、ゾフィアはもうひとことも口をきかなかった。

ゾフィア

始業のベルが鳴る前の校庭で、みんなは石けりのマスが書いてあるまわりに集まって、ジェイコブとジュードがおたがいの片脚《かたあし》をひもでひとつにしばったまま、むこうはしまで行けるかどうか見ていた。ドモが、トム、こっち来て、あいさつしなよ、と言ったので、わたしは信《しん》じられなかった。ドモったら、わたしがトムのことをどう思ってるか知ってるくせに。

ケートー組のみんながいっせいにしゃべりながら、そして、ふたごは脚《あし》をしばったまま、近づいてくる。おはよう、ドモ、よお、ゾフィア、この子だれ？　みんなトムに興味津々《きょうみしんしん》で、レオが、これでうちのクラスは男子が六人だ、やったあ、女子より多くなったぞ、と言ったので、すねを軽くけってやったら、レオはギャッと悲鳴をあげた。

トムは別世界《べっせかい》からやってきたみたいに見える。うちのクラスに入ってきた最後《さいご》の転校生はアルマで、それが三年前だから、みんな好奇心《こうきしん》まるだしで、まるで目の前でチカチカ光ってるネオンサインになんて書いてあるか読もうとしてるみたいだった。

この子はわたしの毎日をめちゃめちゃにしたんだぞ。それに、このクラスに入ったのはわたしのほうが先じゃないか。

みんなはわたしの友だちだし、ここはわたしの学校だ。あれはわたしの家だし、わたしのお父さんで、わたしの犬で、これはわたしの毎日だ。

トム

クラスには、ぼくのほかに生徒《せいと》が十人しかいない。ゾフィアが近くにいたとしても、前の学校よりずっと静《しず》かだ。もっとも、ゾフィアは校庭に入ってからずっと、ほとんどなにもしゃべってない。そばにいるのに声が聞こえてこないのは、なんだかゾフィアらしくない。ふだんは歩くだけでうるさいし、腕《うで》をぐるぐる回せば空気を切る音がする。ゾフィアは音と動きと元気でできた竜巻《たつまき》だ。いつもはすごくたくさんしゃべって、いろんなことを言おうとするから、あたりが音と手足の動きでいっぱいになる。今はなんだか、だれかに停止《ていし》ボタンを押《お》されて、動きも音も止まってしまったみたいだ。表情《ひょうじょう》はなにも変《か》わってないし、ひとこともしゃべらないけど、怒《いか》りが火花みたいにふきでてるのがわかる。怒りだけじゃない、なにかほかのもの、たぶん痛《いた》みや悲しみもまじってる。なにか声をかけてやりたい。ゾフィアの中でグツグツ煮《に》えてた怒りがゆっくりとほどけてくる。どうしたらいいかわからないらしい。

だいじょうぶ？　こんなことはぼくも初《はじ》めてだよ、って言ってやりたい。ぼくのせいじゃない、って言いたい。ごめんね。ぼくもこまってるんだ、悲しいよ、って言いたい。でも、ベルが鳴って、ぼくもゾフィアもほかの生徒《せいと》たちに流されるように教室に入っていく。

ぼくの席《せき》はキャメロンっていう男の子のとなりで、キャメロンが、どこに上着をかけたらいいか、スリッパにはきかえる時は靴《くつ》をどこにおけばいいか教えてくれた。キャメロンのスリッパにはサルの顔がついてて、ぼくは、いいな、と思った。担任《たんにん》のキャシディ先生は、ぼくが転校生で、ゾフィアとおなじ家に住んでて、義理《ぎり》のきょうだいみたいなもんだってことは、たいしたことじゃないと思ってるみたいだった。先生はただにっこり笑《わら》って、やさしい声で、ききたいことがあったら午前中の休み時間は教室にいるから、と言っただけだ。なんだか、なにもかもすっきりかんたんなことに思えて、ずーっと前から頭の中で爆発《ばくはつ》し、うずをまきながら体中の神経《しんけい》に広がっていたパニックの花火が、その時だけはおさまった。

ゾフィア

わたしは午前の授業中《じゅぎょうちゅう》に保健室《ほけんしつ》に行かされた。あんまりおとなしくしてたので、キャシディ先生が、どこかぐあいが悪いと思ったのだ。そして、ぬり薬や三日前のげろのにおいがするせまい部屋にすわり、となりにいる付属幼稚園《ふぞくようちえん》の男の子が、ものすごいいきおいでせきこむのを聞いてた。その子をゴミ箱にでもつっこんで、せきがおさまるかどうか見てみようと思いはじめたころ、保健室の先生が入ってきてわたしのおでこに手をあて、気持ち悪くないか、ときいた。ぜんぜんそんなことなかったので、いきおいよく首を横にふったのに、先生はわたしの顔をじっと見て、いつもの調子じゃないでしょ、わたしにはわかるわ、と言って、家に電話した。

お父さんは出勤《しゅっきん》してるし、フィオーナは午前中なにかの検査《けんさ》を受けにいくと言ってたから、迎《むか》えにこられないといいなと思ってた。おなかの中の赤ちゃんの写真とか見せられたり、グリゼルダとかなんとか、そういう名前はどうかしら、なんてきかれたりするのはごめんだ。

なのに電話に出たから、つまり家に帰ってるわけで、迎《むか》えにきてもらわなきゃならなくなった。たぶんフィオーナは、わたしの雲行きがあやしいことに気づいてたんだろう。顔いっぱいに心配そうな表情《ひょうじょう》を浮《う》かべてたし、目がはれぼったくて、まわりが少し赤くなってた。ハツカネズミみたいだ。フィオーナが、歩いて帰れないかもしれないと思って、車で来たわ、と言ったので、わたしはくるりと目を回した。学校から家まで歩いて四分くらいだし、先生から、運悪く両脚《りょうあし》ともサメにかまれてしまって、とか言われないかぎり、どうしてわたしが歩いて帰れないと思うんだろう？

いつもガソリンとゴムのにおいがしてるおんぼろの青い車に乗ると、フィオーナはまるく小さくふくらんだおなかのまわりにシートベルトをしめた。昨日《きのう》はふくらんでなかった気がする。でもたぶん、赤ちゃんっていうのは毎日大きくなるものなんだろう。ってことは、生まれてからも、もと物置《ものおき》だったあの部屋にいられるのは一週間くらいで、そのあとはわたしの部屋があてがわれて、わたしは砂浜《すなはま》で寝《ね》なくちゃいけなくなる。それはそれで楽しいだろうけど、問題はそういうことじゃない。

フィオーナはエンジンキーに手をのばした。手の甲《こう》には、注射《ちゅうしゃ》でもしたのか白い絆創膏《ばんそうこう》がはってある。たぶん、したんだろう。赤ちゃんを生むことになると、いろんな注射を打つ。車がせきこみ、今にも死にそうな音をたてたかと思うと、エンジンがかかった。家に帰りつけるだろうか。サメにかまれた脚《あし》で歩くほうがましかも。

フィオーナが、だいじょうぶ、ゾフィアちゃん？と声をかけてきたので、気持ち悪いからにらみかえしてやった。フィオーナは、まるでわたしが弓矢でねらいをつけてるみたいに、そして心の中ではそのとおりだったんだけど、両手を上げてみせてから車を発進させた。

トムはどうしてた？　フィオーナは言った。すごく心配してるのが声でわかる。お父さんから、トムは何度も転校したことがあるって聞いてたから、もしかしたら、あんなちびなのに、じつは問題児《もんだいじ》で、どこへ行っても退学《たいがく》させられてきたのかもしれない。だから、トムがまだ追いだされてないか、体育館に火をつけたりしてないか、たしかめてるのかも。フィオーナは、かぜでもひいたみたいにはなをすすった。

元気だよ、とひとこと、それも、できるだけ早口で答えた。でもじつは、みんなトムが好《す》きになったみたいで、算数の時間には、うしろのほうでキャメロンと二人でクスクス笑《わら》いながら分数の計算をしてたってことや（笑うなんて！　しかも分数で！）、わたしから犬とお父さんと部屋をぬすんだみたいに、トムはわたしの目の前でケートー組のみんなをぬすんだってことは言わなかった。

わたしは肩《かた》をすくめ、フィオーナはため息をついてハンドルをにぎり、車は学校の駐車場《ちゅうしゃじょう》を出た。潮《しお》の香《かお》りで車の中のにおいがまぎれるように、窓《まど》ガラスを少し下げる。**ほら、あの子、すごく神経質《しんけいしつ》でおとなしいし、いろいろあったから、ちょっと心配なの。わかるでしょ、母親ってそういうものだって。**フィオーナはそこまで一気にしゃべったところで口をつぐみ、しまったという顔をした。それはもちろん、わたしにはもう母親がいないからで、なぜかというと死んでしまったからだ。口がすべったと思うと、みんなおなじ顔をする。お母さんは、わたしがまだ小さな赤ちゃんだったころに死んでるから、わたしの母親の記憶《きおく》はぜんぶ、古い写真やビデオでできていて、自分の家族の話じゃないみたいだ。どんな人だったのか聞きたくなることもあるけど、おぼえてないことはなつかしいと思いようがない。でも、フィオーナがすごく気まずそうにしてるのがおもしろくて、わたしはきずついたふりをして窓《まど》の外に顔をむけた。

車が砂利《じゃり》の上で止まり、わたしが家に入っていくと、パブロは大はしゃぎして、カチャカチャとつめの音をたてながら動きまわる毛皮のかたまりになった。わたしはパブロをつれて、そのまま砂浜《すなはま》へおりていきたかった。でも、ぐあいが悪いことになってるのを思いだし、二階へ上がった。フィオーナは、少ししたらなにか口に入れるものを作ってあげる、今から電話しなきゃならないところがいくつかあるけど、ほしいものがあったらすぐに呼《よ》んでちょうだい、と何度も念《ねん》を押《お》した。わたしは完全《かんぜん》に無視《むし》した。

ベッドに寝《ね》そべって本を読むか、わたしの毎日をこっそりぬすんだトムに復讐《ふくしゅう》する方法《ほうほう》を考えるかしようと思いながら、自分の部屋に入ろうとした時、トムの部屋のドアが少しあいているのに気づいた。ちがう、あいつの部屋じゃない。予備《よび》の部屋。わたしとお父さんの部屋だ。

中に入っていく。入っちゃいけない理由がある？　わたしの部屋なんだから。フィオーナが電話で話す声が聞こえてくる。小さな声で、なんと言ってるかまではわからないけど、楽しそうじゃなかった。もしかしたら、もうここにいるのがつらくなって、あの子をつれて出ていこうとしてるのかもしれない。

窓《まど》があいてて、入ってくる空気は、自分の肌《はだ》くらいよく知っている潮《しお》の香《かお》りがするけど、あとはすっかり変《か》わってた。家具のおき場所もちがうし、なにもかもちがう。ちがうベッドに新しい整理ダンス、車のもようが入ったラグ(あいつはほんとうに五歳《さい》なのかもしれない)、そして天井《てんじょう》にはプラスチックの星がたくさんはりつけてある。

机《つくえ》の上には、ありとあらゆる色の正方形の折《お》り紙《がみ》が色ごとにきちんとならべられている。紙は縦横《たてよこ》のはしがぴったりそろっていて、思わずぐしゃぐしゃにしてやりたくなった。折りあがっているものもあって、角ばった犬や、箱や船、高層《こうそう》ビルみたいなのもある。わたしはその中の箱にむかって手をのばし、親指と人さし指でつまんでぐしゃりとつぶしたとたん、こわくなって整理ダンスの裏《うら》にそいつを落とした。

机《つくえ》の下にはふたつきの大きな箱があり、あけると中は、色とりどりの紙でできた、首の折《お》れた鳥なのか恐竜《きょうりゅう》なのか、もしかしたら空を飛《と》べる恐竜かもしれないけど、とにかく、そういう奇妙《きみょう》な形のものでいっぱいだった。すごくたくさん入っていたので箱の外にあふれそうになり、出てこないようにあわててふたをしめた。なのに、なにかがはさまってふたがちゃんとしまらない。引っぱりだしてみると、それは黄色い毛糸で編《あ》んだ小さなものだった。手にとって見てみると、小さな頭にあわせて作った小さな帽子《ぼうし》で、海の波みたいなもようが編みこまれている。胸《むね》の奥《おく》でなにかが、かっと熱《あつ》くなり、思わずほうりなげると、帽子は床《ゆか》にくしゃりと落ちた。

トムは照明器具《しょうめいきぐ》をたくさんもっている。部屋のすみではラーヴァランプのぼおっとした光がゆっくり点滅《てんめつ》してるし、目ざまし時計は色を変《か》えながら光り、奇妙《きみょう》な電球がひとつ、ダイヤモンドの形をしたいくつかのガラスの物体にむけられていて、どういうしくみか、ガラスを通った光がかべに虹《にじ》をうつしだし、ほかに少なくとも四つのライトが、部屋のあちこちにあるまだあけてない段《だん》ボール箱の上においてあった。天井《てんじょう》をむいてるライトもあれば、横をむいたり、床《ゆか》のほうをむいたりしているライトもある。きっと、夜カーテンをしめてこれだけの照明をぜんぶつければ、部屋のどこにも暗《くら》いところはなくなるだろう。あの子には、こういういろんな照明を集める変わった趣味《しゅみ》があるんだろうか？　チャリティショップや小さな骨董品《こっとうひん》店、あやしげな露天《ろてん》市なんかを回って、いろんな種類《しゅるい》のライトを集めようとしてるんだろうか？　なにかあった時のために、ポケットに光るものを入れてるんだろうか？

あの子は思ってたよりずっと変《か》わり者《もの》だ。それからわたしはベッドに横になり、フィオーナがもってきたクッキーを食べ、果物《くだもの》は好《す》きじゃないから、ひと口サイズに切ったバナナには手をつけなかった。あの人はわたしのことをなんにもわかってない。そして目をつむり、今より前のほうがなにもかもよかった、と思った。

トム

一日の授業《じゅぎょう》の終わりを知らせるチャイムが鳴ると、おかしなことが起きた。迎《むか》えにきた親や、ブレーキをきしませて灰色《はいいろ》の排気《はいき》ガスをまきちらすバスにむかって走っていく生徒《せいと》は一人もいなかったのだ。割《わ》って入れそうもない小さな人の輪《わ》があちこちにできるわけでもない。かわりに、クラス全員がいっしょに歩きはじめた。ぼくもいっしょに歩いていく。ドモが、ゾフィアが元気ならよかったのに、と言った。つづけて、バレーボールがいちばんうまいのはゾフィアだから、でもこれで、おなじ人数でできるね、と言ったので、ぼくをさそってるんだってわかった。ぼくはバレーボールをやったことがない。サッカーなら、今まで通った学校でも、お父さんとうちの庭でもやったことがあるけど、これっぽっちも楽しいと思わなかったし、この脚《あし》が自分の体の一部だとはとても思えなかった。お父さんはよく、お手上げだ、という身ぶりをしてみせ、おまえは女の子みたいに役たたずだ、とさけんだ。でも、それはりくつが通らない。だって、トレヴァートン小学校でいちばんサッカーがうまいのはゾウイ・ハンターっていう女の子だったんだから。でも、お父さんにそんなこと言ってもしかたなかった。

口の中がかわいて心臓《しんぞう》が肋骨《ろっこつ》にくっつく。転校してきたばかりなのに、クラスのみんなに、ぼくがどんなに使えないやつか知られたくない。ここでもまた「事件《じけん》」が起きてほしくない。手足がばらばらに動き、足をすべらせてきりきりまいしたところで、すぐ横の砂《すな》の上にボールが落ちてきて笑《わら》われたくない。この学校の子たちの肌《はだ》はみんな、ぼくのとはちがうものでできてるみたいだ。潮風《しおかぜ》や海や太陽や砂《すな》できたえられている。ぼくの肌《はだ》は牛乳《ぎゅうにゅう》なみに白くて弱いし、まともに筋肉《きんにく》を使うのはガタガタふるえる時くらいだ。

砂浜《すなはま》がきれいだ。今朝はちゃんと見てなかった。あの時は灰色《はいいろ》だってことしか気づかなかった。海が砂の上に残《のこ》したもようは、金色に光っている波とおそろいだ。水の色は空とおなじ。どっちもエメラルド色にそまり、春の日ざしで白っぽく見える。でも、岩礁《がんしょう》や、雲にむかってそびえるナイフのような岩壁《がんぺき》に打ちつける波の音に、ぼくは身ぶるいし、ドモが海にもぐった時は、海面に頭を出すまでじっと息を止めてた。ほかにだれも泳がないのは、まだそんなにあたたかくないからで、ぼくは言いわけする必要《ひつよう》がなくてほっとした。

レオとモーはバレーボールの準備を始め、キャメロンとぼくはならんですわり、算数の宿題をやった。キャメロンの教科書は海のしぶきでよごれていて、ぼくのもすぐに砂《すな》でざらざらになった。広い世界のはしっこみたいな場所に腰《こし》をおろして、冷《つめ》たい風に吹《ふ》かれながら分数の計算をするのは変《へん》な感じだ。

　バレーボールは思ってたのとちがって、だれも本気で勝とうとしてないみたいだった。だれも得点《とくてん》を数えないし、ボールを地面に落としちゃいけないとも思ってない。ボールが初《はじ》めてぼくにむかって飛《と》んできた時、恐怖《きょうふ》がちくりと肌《はだ》にささり、全身の神経《しんけい》に一気に広がって、ボールを地面にたたきつけてしまった。ボールはザッという音をたてて落ち、砂《すな》が飛《と》びちった。ぼくはてっきり、みんながどなったり、うめいたりして、バカやろう、なにやってんだ、と言うと思ってたのに、そうはならなかった。ハリーマがボールをひろってげんこつで打ちかえすと、ぼろぼろのネットをこえたボールにむかって、ジュードが草のしげみに頭からつっこんでいった。ボールはころころところがってジュードの鼻先で止まり、今度はジェイコブがそれをひろって、そこから、またつづきが始まった。ぼくらはバレーボール史上《しじょう》もっともへたくそな二チームだ。ぼくはそのうち、うちよせる波の音やそびえたつ崖《がけ》や、水平線にむかって音もなくしずんでいく太陽のことをわすれ、楽しいと思いはじめてた。

ソフィア

わたしは砂浜《すなはま》の手前に立ち、パブロの革《かわ》のリードをにぎっている。パブロはリードを引っぱり、かわいがってくれる友だちや、ボールや海や、音のするほうへ行きたがった。でもわたしは銅像《どうぞう》のようにじっとしてた。

トムは手足をのばして砂《すな》の上にあおむけになっていて、その横にボールがあった。ドモのかん高い笑《わら》い声《ごえ》が崖《がけ》にはねかえり、空いっぱいにひびく。ほかの六年生もみんな笑いだし、その声がコーラスになって、輪《わ》を描《か》いて飛《と》ぶカモメの鳴き声みたいだった。そして、トムも笑いだした。今まであの子がしゃべるのはほとんど聞いたことがなかったのに、それが急に、あんな小さな体から出たとは思えない太い声で楽しそうに笑っている。まるで別人《べつじん》だ。楽しそうに顔をくしゃくしゃにしていて、あの青白くてぬけがらみたいだった男の子は、もういない。ほおはピンク色だし、ガチガチにかたくなってた体は、今はもうすっかり力がぬけている。みんなとおなじに見える。仲間《なかま》の一人って感じ。わたしの仲間の。

もう、これ以上《いじょう》がまんできない。わたしはくるりとむきを変《か》え、いやがるパブロを引きずるようにして家につづく道を上がっていった。

家に着くと、ひとこともしゃべらずに二階へ上がり、お風呂場《ふろば》へ行ってバスタブに水をためた。水がはねて床《ゆか》がぬれたけど、もうどうでもいい。水にもぐり、心が静まり、水の歌がどこかへつれていってくれるのを待つ。でも、だめだった。長くはもぐっていられない。肺《はい》の動きを止めてきたえようとしてもうまくいかない。一秒が一時間にも感じる。

一……

二……

三、四……

五、六、七……

わたしは、自分が泡《あわ》になったみたいに一気に水面に顔を出すと、息をはずませながら目の前の星がうすれて消えるのを待った。

トム

ゾフィアはまだぐあいが悪くて、ぼくが放課後《ほうかご》、海岸へ行って帰ってきた時はお風呂《ふろ》に入ってた。ママとマレクはキッチンにいて小声でなにか話してたけど、ぼくが入っていくと話をやめた。ママが言うには、ゾフィアは少しよくなって犬の散歩《さんぽ》にも行ったのに、またぐあいが悪くなって帰ってきたらしい。いじわるかもしれないが、ぼくはうれしくなった。最初《さいしょ》はかわいそうだと思ったけど、ゾフィアがそばにいないほうがつごうのいいことが多い。ゾフィアの部屋にスープとパンをもっていったママが、悲しそうな顔でもどってきたから、また冷《つめ》たくされたんだとわかり、ぼくは胸《むね》がしめつけられた。

晩《ばん》ごはんはマレクとママと三人で食べ、海岸や学校や新しい仕事の話をして、いっしょに笑《わら》って、いい感じだった。でも、マレクのことはまだ信用《しんよう》してるわけじゃない。ママは超音波写《ちょうおんぱしゃ》真を見せてくれた。ぼやけた変《へん》な写真で、赤ちゃんはママのまっ黒なおなかの中で光ってた。ぼくが作った折《お》り紙《がみ》にも、こんなふうに体を二つに折ったやつがある。最初《さいしょ》は赤ちゃんっていうより、エビににたエイリアンに見えた。でもじっと見てると、ぼんやりした影《かげ》が形になり、鼻や口が見わけられて、小さな手を上げてあいさつしてるみたいだった。胸《むね》の中で、またなにかがぴくりと動いた。

それから赤ちゃんの名前の話になった。まだ男の子か女の子かわかってなくて、ママは、どっちでもかまわないし、知りたいとも思わない、それはいいんだけど、ほかにもっとだいじなことがある、と言い、でもそれがなにかは言わなかった。マレクはママの手をぎゅっとにぎった。ぼくは、ゾフィアみたいな子になるなら女の子じゃないほうがいいかも、と思った。マレクが、ヴァンダービーク、ロールトップ、ザナドゥー、バスタップなんて、ふざけた名前を次々に提案《ていあん》したので、ママがナプキンでマレクをぶった。そのとたん、さっき海岸で、そして今、赤ちゃんが手を上げてるのを見た時に体の芯《しん》までしみてきたしょっぱいやわらかさみたいなものが、いっぺんに消えてしまった。そしてぼくは、びくっとした。ママがすぐに気がつき、そっと手をのばしてくれたので、ぼくはその手をにぎったけど、心臓《しんぞう》は雷《かみなり》みたいにゴロゴロ鳴ってた。

自分の部屋へ上がると、なにかおかしいと気づいた。ていねいにならべてあった紙の街《まち》がゆがんでいる。机《つくえ》の下においてある箱のふたがちゃんとしまってない。あけてみると、紙の鳥が、つぶされたり、翼《つばさ》をやぶられたりしてた。ないしょにしていた小さな黄色い帽子《ぼうし》が、まるめて床《ゆか》の上に投げすてられている。

あの子が部屋に入ったんだ。あの子がぼくの持ち物を見た。胸《むね》の奥《おく》で身におぼえのある気持ちと初《はじ》めての気持ちがいりまじり、うずをまいて泳ぎはじめ、おさえつけて、折《お》りたたんで、しまいこもうとしてもだめだった。やがてそれは体の中でぶくぶく泡《あわ》だち、皮膚《ひふ》をやぶって飛《と》びちると、ぼくのまわりをぐるぐるまわりだした。

ゾフィア

朝、目をさまし、あくびをして、寝《ね》ぼけまなこでのびをしたら、うっかりフリーダをベッドからつきおとしてしまった。フリーダは低《ひく》い声でうなり、フーッと言いながらドアの前まで行くと、ニャーと鳴いて、外に出してくれとうったえた。もう、猫さえ味方してくれない。頭をなでてやるとしぶしぶのどを鳴らしたので、とりあえず、わたしは親切でやさしいと思われたわけで、ということはもしかしたら、下へおりていって、どう思われるかためしてみてもよさそうだ。

わたしはお父さんに、もうすっかり元気になったし、ちゃんと学校に行ける、と言ってみた。お父さんは病院で、わたしより何万倍もぐあいの悪い人を毎日診察《しんさつ》してるから、わたしがちゃんと立ってしゃべってるだけで、学校へ行かせてもいいと思ったらしい。というか、そもそもわたしのことをあんまりちゃんと考えてなかったみたい。今日、診《み》なきゃならない患者《かんじゃ》さんたちや、やらなきゃならないこと、行かなきゃならない場所、そこで会わなきゃならない人たちのことで頭がいっぱいで、朝から浮《う》かない顔をしてる。そして、わたしの頭のてっぺんにキスして、**今日はおとなしくしてるんだぞ、ゾフィア、わかったな、**と言って、朝霧《あさぎり》の中を出勤《しゅっきん》していった。

お父さんには、いちばんたいせつなのはわたしだと思ってほしいから、とびきりいい子でいよう。フィオーナがテーブルの上のものを下げるのを手伝《てつだ》い、たのまれてもいないのにそれをぜんぶしまってやると、フィオーナはこっちに顔をむけ、子犬でも買ってもらった時のような笑顔《えがお》になったけど、目はわたしをちゃんと見てなかった。まるでわたしの影《かげ》がうすくなり、見えなくなってしまったみたいに……。顔を洗《あら》って歯をみがく。鏡《かがみ》にむかって歯をむきだし、オオカミみたいにカチカチ鳴らしてみる。どう見ても透明《とうめい》人間じゃない。歯《は》みがき粉《こ》がスノードロップの白い花みたいに鏡に点々と飛《と》びちり、ふきとろうとしたらかえってよごれてしまった。でも、ふきとろうとはしたんだ。

わたしはトムに、むちゃくちゃやさしくしてやった。にっこり笑《わら》って、オオカミの牙《きば》はかくしておいた。学校や夏休みやサッカーや海岸の話をしても、ひとこともしゃべらないから、どうしたんだろうと思ってよく見ると、トムはひざの上になにかのせてカエルが鳴くみたいな小さな音を出し、わたしの話はなんにも聞いてなかった。わたしには血や肉や骨《ほね》があって、うすくなって消えてしまう幽霊《ゆうれい》少女じゃないってことをわからせるために、こぶしでテーブルをドンとたたいた。トムは飛《と》びあがり、まわりの空気がふるえた。

やさしくしたでしょ、あんなにやさしくしてあげたのに、とさけびたかったけど、この時だけは、どうしてもすぐに声が出てこなかった。

昨日《きのう》の夜、三人がこのテーブルで、笑《わら》いながらくだらない冗談《じょうだん》を言ってたのをわたしは聞いている。ガチャガチャ音をたてて食器《しょっき》を流しにおいたら、その拍子《ひょうし》に、冷蔵庫《れいぞうこ》の扉《とびら》になにかはってあるのに気づいた。黒っぽい写真で、まん中に幽霊《ゆうれい》みたいなものが浮《う》かんでる。近づいてみると、黒い背景《はいけい》に赤《あか》ん坊《ぼう》の形がぼんやり浮《う》かんでた。お父さんとフィオーナの子だ。はき気がする。

わたしはぺちゃんこにされ、自分の家からも家族からもしめだされて、なにもかもがマフラーのはしみたいにほどけかけている。わたしはほどけている。わたしを編《あ》んでた毛糸がほどけて、もう自分がなにかの一部だとは思えないし、なにかが欠《か》けてるし、なにかが足りない。トムに出ていってほしい。フィオーナに出ていってもらいたい。赤《あか》ん坊《ぼう》はいらない。赤ん坊なんて消えてほしい。それがわたしの願《ねが》い。

砂浜《すなはま》にかけおり、肌《はだ》をさす朝の潮風《しおかぜ》の中に立つと、胸《むね》の痛《いた》みにあわせて波がうちよせてくる。わたしは嵐《あらし》、わたしは海だ。そして、自分が海とひとつになったと思えた時、わたしは願《ねが》いをかけた。人さし指と中指をしっかりクロスさせ、ちょうどお父さんから聞いた話のように、思いがかないますように、って波にむかって願った。何度も何度も何度も。

トム

昨日《きのう》の夜は、どうにか七秒がまんしてから明かりをぜんぶつけ、暗闇《くらやみ》をあちこちのすきまに追いはらった。ここでは暗闇が今までとちがう。外はまっ暗で、街灯《がいとう》やヘッドライトの光がもれてくることはないし、ジーッというネオンサインの音も聞こえてこない。黒い闇があるだけ。まるごとのみこまれてしまいそうな気がする。

朝、ゾフィアはすごくそうぞうしくて、その声を聞いてるだけで、歯がカタカタ鳴って頭がズキズキしてくる。どなりつけてやりたいし、ぼくの持ち物をいじっただろうって言ってやりたいけど、そんな勇気《ゆうき》はない。

ゾフィアはそうぞうしい。両手で耳をふさぐのは悪いから、ぼくは小さくなって大急ぎでトーストを食べる。食べながら片手《かたて》で古いレシートを折《お》ってカエルを作る。角をあわせ、まっすぐきれいに折ることに集中し、頭の中からゾフィアの声をしめだそうとする。ひざの上でカエルをひょこひょこ動かし、小さくゲコゲコ鳴きまねしてたらやめられなくなり、気づいたら、ゾフィアは大声でしゃべるのをやめて片手をにぎりしめていた。その手がドンとテーブルをたたいてゆらす。ぼくが飛《と》びあがり、体の芯《しん》からふるえていると、ゾフィアはぼくを正面からにらみつけた。その目はものすごく怒《おこ》ってた。ぼくの目は、ゾフィアにどう見えてるんだろう。

ゾフィア

海に願《ねが》いをかけたあとは、いつもよりずっと声が大きくなった。それは自分でもわかってた。あたりかまわずどなりちらす声が、風の中でビリビリふるえてる。学校の遠足で古いお城《しろ》に行ったあと、わたしのせいで三日間耳がよく聞こえなかったって、ドモが言ってたことがあるけど、そのドモでさえ、あんまりわたしの声が大きいのでびっくりしてた。どうにもがまんできなかったのだ。せいいっぱい大きな声を出して、しめつけられるような胸《むね》の苦しさをわすれようとしてた。お父さんは、おまえは音量《おんりょう》ボタンがこわれてる、って冗談《じょうだん》を言うけど、今日はほんとにそんな感じ。わたしはこわれてる。海ぞいの道を歩いて校庭に入ると、声がどんどん大きくなって、足もとのコンクリートにひびが入るんじゃないかと思った。みんなに次々に近づき、冗談《じょうだん》を言って、側転《そくてん》をして、ゲームを始めて、そのゲームのルールを変《か》えて、今までみんなが見たことのないくらいおもしろおかしいゾフィアになった。モーが、今朝、コーンフレークといっしょに、なにか悪いものでも食べたんじゃない？と言ったので、わたしはうなった。

トム

放課後《ほうかご》、みんなで海岸へ行った。ゾフィアがぼくに来てほしくないと思ってるのはわかってたし、ぼくもいっしょには行きたくなかった。今朝、ぼくをにらんだ時の目がすごくこわくて、今もまだ、あの目がバチバチ音をたててぼくを見ている気がする。ゾフィアはぼくのことがきらいなんだ。ゾフィアとぼくのあいだに糸があって、その糸が何度も引っぱられてはピンとはるから、もうじきプツンと切れてしまうだろう。でも、ママは病院に診察《しんさつ》を受けに行ってるし、マレクは病院で仕事をしてる。ぼくは、あのかたむいた家に帰って、外が暗くなっていく中、一人でじっとすわっていたくない。だからといって、ゾフィアとはいっしょにいたくない。たぶんゾフィアは海岸へ行くんだろう。

ところが、終わりのチャイムが鳴ると、キャメロンとハリーマとジェイコブとジュードがぼくを追いかけて走ってきた。**まだ帰らないよね**。ハリーマが声をかけてくる。ジェイコブは、ポテトチップスがひと袋《ふくろ》あるから、ほしければあげると言い、キャメロンは、いっしょに宿題をやろうと言ってくれた。そういう小さな声が集まってゾフィアの声より大きくなり、それまで頭の中で聞こえてた、ぼくはゾフィアが思ってるとおりのやつだ、って声より大きくなりはじめた。ゆっくりうなずくと、ジュードがぼくとハイタッチして、みんないっしょに歩きだした。

ゾフィア

わたしは靴《くつ》と靴下とセーターをぬいで海に飛《と》びこんだ。今朝より波は静《しず》かだ。海はわたしを古い友だちのようにつつみ、わたしは矢のようにまっすぐもぐっていく。水が冷《つめ》たくて肺《はい》の中の空気がたたきだされる。波をわけて浮《う》かびあがり、雲ひとつない空から大きく息をすったのに、気分はよくならなかった。元気が出ないし、すっきりいい気持ちにもならない。

海から出て、パブロみたいに体をゆすって水をはじき、砂《すな》をふみしめて歩いていくと、みんなが砂浜《すなはま》の上に集まってなにかしてた。ハリーマとレオが、バレーボールのネットの高さとレオが砂の上に引いたラインのことでもめている。別《べつ》にかかわりたいわけじゃなかったけど、横を通っても、二人はわたしの意見をきこうともしなかった。そのまま歩いて、ケートー組のほかの子たちが集まってるところまで行き、にっこり笑《わら》って冗談《じょうだん》のひとつも言いながら、みんなの輪《わ》の中に入っていく気でいた。なのにみんなは、もう冗談を言って笑いながらボールを投げあっていて、トムは、あのめったに見せない笑顔《えがお》になっている。みんなはわたしに気づきもしないし、ジュードが、**それ、最高じゃん、トム**、と言ったので、わたしの中で嵐《あらし》が吹《ふ》きあれ、雷《かみなり》が鳴りだした。

トム

今日の海はきらきら光ってる。はるか遠くのまっ黒い水平線近くに、空に浮《う》かぶ雲をうつしたような小さい白波が立っていた。潮風《しおかぜ》がピリッと舌《した》をさす。うちよせる波や海の音にぼくはなれはじめていた。なんだか催眠術《さいみんじゅつ》をかけられてるみたいだ。

しばらくしてバレーボールが始まった。ぼくはゾフィアとおなじチームだ。昨日《きのう》はゾフィアのかわりだったし、チームを替《か》わるのはおかしいとジュードが言ったからだ。でも、おなじメンバーでおなじ相手とやってるのに、今日はぜんぜん別《べつ》の試合《しあい》になった。ゾフィアはよく動くし、速くて、じょうずだ。ゾフィアは勝ち負けにこだわる。指先が雲をかすめるんじゃないかってくらい高くジャンプできる。頭から砂《すな》に飛《と》びこむフライングレシーブができる。ゾフィアの声で海鳥がいっせいに逃《に》げていく。
青空をバックに、ボールがこっちに飛《と》んできた。にぎりこぶしをかざしてスパイクを打つ準《じゅん》備《び》をする。ボールが近づく。
ぐんぐん、
うなりをあげて、
せまってくる。
潮風《しおかぜ》がさっと動いて黒い影《かげ》がせまり、
目の前がぼやけ、
ドスンと音がして、
海が空に変《か》わり、空が海になって、なにもかもさかさになった。
口の中に冷《つめ》たい砂《すな》が入った。ペッと砂粒《すなつぶ》をはきだすと、まっ赤《か》にそまってた。
あたりの景色《けしき》はまだ、かたむいたままぐるぐる回ってるけど、今はぼくの上に人の顔がおかしな角度でぶらさがっている。ドモ。キャメロン。ジュード。足音が近づいて顔がふえた。

血が出てるぞ
あれはやりすぎだよ、ゾフィ
生きてるか

お父さんを呼《よ》んでこようか

今のはトムのボールだぞ、ゾフィ

目があいてるけど、だいじょうぶかな？

ぼくは体を起こしてせきこみ、肺《はい》に入りかけた砂《すな》をはきだす。ケートー組のみんなは、いっせいにほっとひと息つき、ジェイコブが、いや、ジュードかもしれないが、**死んでないぞ！**と言った。さすがに死ぬわけないだろう。でも、この時のぼくはちゃんと生きてる気がしなかった。どこか遠くからみんなをながめてるみたいだった。頭をふると世界ががくんとゆれ、くるくる回ってから、もとにもどった。

ゾフィアだけが少しはなれて立っていた。顔は少し赤くなってるけど、肩《かた》をいからせて腕組《うでぐ》みしている。そして、小さな声で言った。**あれはわたしのボールだ。トムがよけなきゃいけなかったんだ。なのに、じゃまするから。**

ゾフィア

トムはドモにささえられて帰った。わたしはそのうしろを歩きながら、むかっ腹《ぱら》をたてていた。トムがバレーボールがへたくそなのは、わたしのせいじゃない。わたしが打たなきゃならないボールなのに、トムがあそこに立ってたのは、わたしのせいじゃない。トムがよけるのがまにあわなかったのは、わたしのせいじゃない。トムが言うことをきかないのは、わたしのせいじゃない。トムがやせっぽちで小さくて小鳥みたいにきゃしゃだから、ちょっと押《お》されただけでくるくる回るのは、わたしのせいじゃない。トムがくちびるをかんで血だらけになったのは、わたしのせいじゃない。どうしてみんな、まるでわたしのせいみたいにふるまうのかわからない。

お父さんとフィオーナはキッチンで顔をよせあい、小声でなにか話してた。わたしたちが入ってきた足音にも気づかず、トムを見てようやく、二人ともすごく大げさにはっと息をのんだ。言っとくけど、二人とも病院につとめてるんだから、それなりに血は見てるだろうに。それにトムの出血はほんの少しで、ちょっと飛《と》びちっただけだ。そう、ほんのちょっと。セーターについた血は潮《しお》だまりみたいなもようになってて、それなりにかっこいい。正直、わたしもくちびるくらい切ってもいいかな、って思ったくらい。トムはぜんぜんそうは思ってないみたいで、でも泣《な》かなかったから、わたしはおどろいた。ドモなんて、トムを家までつれかえってくる時に、えらいね、と声をかけてたけど、そんなバカな話はないだろう。

お父さんがくちびるを見ようとしたら、トムはあとずさりして、いかにもマザコンって感じでフィオーナに見てもらった。フィオーナは片手《かたて》をおなかの下のほうにあててしゃがみ、立ちあがる時は顔をしかめた。言っとくけど、そんなにひどいけがじゃない。歯は一本も欠《か》けてないんだから。たぶん……。

フィオーナがトムの口をそれはやさしい手つきでひらいたので、まるでトムがわたしたちのように血と肉と骨《ほね》じゃなくて、ガラスでできてるみたいだった。フィオーナが診察《しんさつ》用の小さなペンライトで照《て》らすと、トムの口はまっ赤《か》に見えた。**だいじょうぶよ、トム、塩水《しおみず》ですすぐだけでいいわ。そしたら血が止まるまでティッシュでおさえておいてね、わかった? ちょっぴりしみるかもしれないけど、それがいいの。塩が消毒《しょうどく》してくれてるしるしだから、いいわね? いったいどうしたの?**

トムはなにか言ったけど、ささやくような声で、とぎれとぎれにしか聞こえなかった。それから、砂浜《すなはま》で遊んでてころんだ、と言ったので、わたしは感心した。だって、ぜったいわたしのことをつげ口すると思ってたから。フィオーナはうなずくと、流しの前に行って塩水《しおみず》とティッシュペーパーを用意した。お父さんがわたしのほうをじっと見てるのがわかる。

フィオーナがわたしに、だいじょうぶか、ときいてきた。わたしはうなり、ほっといてよ、と言いかえしたら、お父さんが大きなため息をついた。でも、部屋へ行きなさい、としかったりはせず、まるでおぼれかけたみたいにめいっぱい大きく息をすい、**すわりなさい、二人に話**

さなきゃならないことがある、と言った。

トム

赤ちゃんはどこか悪いらしい。

二人がその話をする前にわかった。ママの弱々しい声が、まわりの空気を変《か》えてしまう前にわかった。ぼくにはわかった。悪い知らせがほこりみたいに積《つ》もる時は、その前にほんの少し間《ま》がある。折《お》り紙《がみ》のどこをどう折れば鳥ができるか知っているように、ぼくにはその間がわかる。

赤ちゃんは死ぬかもしれない。

まだ生きてもいないものが、どうして死んだりできるのかわからない。なぜあんなにたしかだったものが、するりと逃《に》げていってしまうのかわからない。

なんにもわからない。

昨日《きのう》の超音波検査《ちょうおんぱけんさ》で見つかったらしい。今日、もう一度病院へ行って、どれくらい悪いのか教えてもらったそうだ。そして、すごく悪いことがわかった。すごく悪いから、生きられる確《かく》

率《りつ》とか、**たいへんな手術《しゅじゅつ》**とか、そういう言葉が出てきて、ママたちが口にする医学用語が急にいつもよりとげとげしくて残酷《ざんこく》なものに聞こえだしたのは、自分たちの問題だからだろう。ぼくは、弟だか妹だかがふわふわ浮《う》かんでいるような写真を思いだした。写ってる骨《ほね》を指でなぞったことや、ぼんやりした白黒写真では悪いところなんてなにもないように見えたことを思いだした。

赤ちゃんは死ぬかもしれない。

ゾフィア

お父さんがそう言った時、どうしたらいいかわからなくて、わたしは聞いたばかりの言葉をまるめて胸《むね》の奥《おく》に押《お》しこんだ。でも、その言葉が身をよじっているのがわかった。おなかの中でもぞもぞ身をよじっている。それを止めようとして飛《と》んだりはねたりしたら、お父さんが、**なにしてるんだゾフィア、話を聞いてたのか？**と言った。

わたしはうなずくと、テレビの前に行って電源《でんげん》を入れ、六歳《さい》の時に好《す》きじゃなくなったくだらないアニメを見た。画面にうつる毒々《どくどく》しい色をじっと見てたら、その色がにじんで流れだしたけど、なにも言わずに、キッチンで泣《な》いてる三人の声を聞いてた。そして、はき気と言葉とごめんなさいをのみこんだ。

赤ちゃんは死ぬかもしれない。

波にかけた願《ねが》いがかなってしまうかもしれない。

トム

ママはぼくをだきしめた。ぼくはママとのあいだにあるふくらみに気づき、一瞬《いっしゅん》、この赤ちゃんにすごく腹《はら》がたって、その怒《いか》りがさざ波のように全身に伝《つた》わると、ママはいっそう強くぼくをだきしめた。胸《むね》の奥《おく》でいろんな不安《ふあん》がうずき、広がって、あとにぽっかり大きな穴《あな》があいた。赤ちゃん。ママ。ぼくたち。

なのにゾフィアは、これっぽっちも心配してない。ぼくはゾフィアがきらいだ。うるさいし、動きまわるし、そばにいると緊張《きんちょう》する。ママへの口のきき方がきらいだ。ゾフィアがきらいだ。今、目の前で起きてることはいやでたまらないけど、それよりももっとゾフィアがきらいだ。体中の筋《すじ》や腱《けん》がひりつくほどゾフィアがきらいだ。

ゾフィアが自分の部屋でどなったり、大きな音をたてて動きまわってるのが聞こえてくる。ぼくは心の底《そこ》から悲しくて腹《はら》がたち、こんなのはぜったいにいやだと思った。そして、ある願《ねが》いが頭に浮《う》かび、まるで大砲《たいほう》の弾《たま》を食《く》らったような気がした。なぜなら、自分がそんなことを考えるとは思ってもみなかったからだ。まるで電気ショックを受けたみたいだった。電流が指の先まで一気に流れ、火花がちり、ぼくの心の中の闇《やみ》がごうごうと音をたてた。

ゾフィアなんていなくなればいい。

ぼくはひと晩中《ばんじゅう》、明かりをつけたまま折《お》りヅルを折ったのに、闇《やみ》は床板《ゆかいた》のすきまから入りこみ、ぼくの中をはいまわった。

ゾフィア

朝、お父さんが、手術《しゅじゅつ》とか、結果《けっか》とか、ささえあいとか、そういう話をしてきたけど、わたしは聞こうとしなかった。おどろいただろう、と言われても、だまっていた。なにも言うことはない。お父さんは話をやめず、わたしの顔を見ながら、ときおり口をつぐんでなにか言うのを待っているので、こう言ってやった。

もし赤ちゃんが死んだら、トムとフィオーナは出ていくの？

そしたら、あの、おなかの中がきゅっとねじれるようないやな感じがうなり声をあげて息をふきかえし、お父さんの顔からさあっと血の気が引いた。

トム

ママと砂浜《すなはま》へ散歩《さんぽ》に行くと、ぼくたち二人のほかにはだれもいなかった。ここにいると、世界はうずまく海の先へどこまでも広がっているように思える。同時に、カーブしながらそびえている崖《がけ》に自分が守られている気がする。

もうずいぶん長いあいだ、ママと二人だけでちゃんと話してなかった。ぼくがママのことをどんなに心配してるか話したい。明かりをひとつ残《のこ》らずつけておかないと、ぜんぜんねむれず、五秒ともたないことや、願《ねが》いをひとつかなえるためにツルを千羽《ば》折《お》っていることや、暗闇《くらやみ》の中で、一人ぼっちで体をまるめてる赤ちゃんのことがどんなに心配か話したい。でも、言葉が見つからないし、自分が、うしろにそびえている崖《がけ》みたいにくずれかけてることを知らせるわけにはいかない。だから、学校やバレーボールやキャメロンのことを話し、ママはぼくに、仕事や今読んでいる本のことを話し、ぼくにたくさん質問《しつもん》した。潮風《しおかぜ》に吹《ふ》かれた髪《かみ》がべたついてからまり、ママは笑《わら》いながら、髪を切らなきゃねと言ったが、たしかにそのとおりだった。

水が黒く見える波うちぎわまでおりていくと、ママは水切り用のなめらかな小石を見つけてくれた。はじめはぜんぜんだめだったけど、ママから石のもち方と平らにもったまま腕《うで》をむちのように使うことを教わると、石は水の上をアメンボみたいにすべっていくようになった。なんだか、海辺《うみべ》にいると、ぼくら二人しかいない別世界《べっせかい》に来たみたいだ。ぼくはすっかり心がほぐれ、ひたすら石を見つけては海にむかって投げた。

石が何回はねたか数え、その数を空にむかってさけぶ。ぼくは八回、ママは九回が最高《さいこう》だった。**きれいなところだと思わない?** とママが言い、うなずいたのは、そのとおりだから。ママの手をにぎったのは、ここにはゾフィアがいないので笑《わら》われる心配がないから。**きっと、だいじょうぶだよね、**とぼくはささやいた。ほんとは最後《さいご》に「ね」をつけるつもりはなかったのに、つけてしまった。そしたらママはぼくの手をにぎりしめ、わからないけど、だいじょうぶだといいねと答えた。希望《きぼう》をもつしかないわ、と。ママがぼくの手をとっておなかのふくらみにのせると、海の上をはずんでいく石みたいに、ぴくっ、ぴくっ、と、希望がはずんでいた。

太陽が海にとけはじめ、指がかじかんできたので、いつのまにか時間がたっているのに気づいた。晩《ばん》ごはんにおくれてる。作ってるのはマレクなので、心臓《しんぞう》がドキドキしはじめた。ぼくらの分はゴミバケツにすてられ、待っているのはどなり声と暗闇《くらやみ》かもしれない。見ると、ママはまだ小石をさがしていたので、ぼくは手を引っぱって、もう帰らなきゃ、と言った。

ママがゆっくり歩くので、ずっとほおの内側《うちがわ》をかんでたら、そのうち、鉄をなめているような血の味がしだした。家に入ると、ぼくはバネみたいにきゅっとちぢこまった。マレクがリビングから顔を出し、声をかけてきた。ああ、風に吹《ふ》かれて寒かったろう。夕飯《ゆうはん》はさめないようにオーブンに入れてある。トム、ジュースはリンゴとオレンジ、どっちにする？

ゾフィア

だんだん日が長くなってきた。それはもちろん、太陽が顔を出すのがだんだん早くなって、海を金色に照《て》らすからだけど、それとは別《べつ》に、トムとフィオーナがいると時間がまひしたみたいに感じるからってこともある。

お父さんはわたしとまともに口をきいてくれない。トムはぜったいにわたしと口をきかない。フィオーナは話しかけてくるけど、わたしは無視《むし》してる。赤《あか》ん坊《ぼう》はたぶん死ぬんだろう。

どうしようもなくなると、こんなにたいくつするんだって初《はじ》めてわかった。なにもかも最悪《さいあく》で、思いどおりにいかず、ぐちゃぐちゃになったら、一秒一秒が火のついた花火みたいになると思ってたのに、じっさいには、わたしはただ毎日、砂浜《すなはま》でのバレーボールが終わったら、ドモの家に行って晩《ばん》ごはんを食べるだけだ。ドモには、赤ちゃんのことやわたしがなにを願《ねが》ったかはひとことも話してない。それは胸《むね》の中にしまったままだ。放課後《ほうかご》、トムはたいていキャメロンと算数の宿題かなにかをしてる。ほんとのことはわからないし、どうでもいい。お父さんは、どうでもいいとは思ってないだろう。わたしがあんなことを言ってから、たぶん、わたしとまともに目をあわせてない。前とおなじように、デザートにアイスクリームはどうだ、上着をかけておきなさい、テレビを見たいか、って言ってくるけど、やっぱり前とどこかちがう。ドモと二人で泳ぎにいく。まだ五月だから、ウェットスーツを着ないですむほどあたたかくはないけど、くちびるが紫色《むらさきいろ》になるほど寒くはない。灰色《はいいろ》だった砂《すな》は、あちこち金色に光りはじめてる。波にさからってクロールでゆったり泳ぐ練習をする。ここ何か月か、記録《きろく》はあんまりのびてない。フィジーに近づくと、決まって手足がつったり、頭がはたらかなくなったり、肌《はだ》がつっぱったりして、バチャバチャ水をはねながら岸まで引きかえすはめになる。ドモは、それは筋肉《きんにく》のけいれんだから、バナナを食べるといいよって言う。でも、もちろん、そんなことする気はない。

　何度も何度も水をかく。もう、ゆったり泳いではいない。手足をのばし、体をひねり、流れに負けずに進んでいく。わたしはできる、やりとげられる、潮《しお》にさからってギザギザのフィジーの岩までたどりつき、ウェットスーツのポケットにかくしてある旗《はた》を立ててくる。そしたら、海岸に腰《こし》をおろすたびに、明るいオレンジ色の布《ぬの》の上ではためいている、波しぶきでかすんだパブロの顔の輪郭《りんかく》が見えるだろう。

と思っていたら、また息ができなくなって胸《むね》が苦しくなった。脚《あし》が悲鳴をあげはじめる。痛《いた》みがまして、よじれて、稲妻《いなずま》のように体をつきぬける。あえいだとたんに海水をのむ。水をけるたびにお父さんの顔が浮《う》かぶ。トムとフィオーナの顔が浮かぶ。赤《あか》ん坊《ぼう》が浮かぶ。しずまないように犬かきをして、もがいては泳ぎ、もがいては泳ぎ、もがいては泳いで、どうにか岸にたどりつき、息をはずませてたおれこんで、魚みたいに口をパクパクする。

いつもこうなる。まるで体がわたしのものじゃなくて、海はもうわたしのものじゃないみたいに。あの二人が来てからずっと、何週間か、何か月か、フィジーにはひとかき分も近づいていない。それまでは、世界中で、とはいかなくても、ケートー組ではわたしがいちばん泳ぎがうまかったのに。夏に水泳教室が盛大《せいだい》にひらかれて、なかなか泳げなかった人もみんなどうにかやりとげてしまうから、その何か月も前にフィジーまで泳いでしまおうと思ってた。なのに、わたしはまだこんなところで、砂《すな》に打ちあげられたウナギみたいに身をよじってる。そのあいだに、ドモはなんてことなさそうに水をけって進み、わたしの目標《もくひょう》にぐんぐん近づいていく。

トム

今は、悪い知らせがみんなの肩《かた》に黒雲みたいにかかっているので、ぼくはただじっと待っている。稲妻《いなずま》が光って雷《かみなり》がとどろくのを待っている。ひと晩中《ばんじゅう》、すぎていく一秒一秒を数え、折《お》り紙《がみ》のツルを数えながら待っている。明かりはひとつも消せないし、なのに床《ゆか》の上に黒い闇《やみ》がじわじわ広がり、一瞬《いっしゅん》、心臓《しんぞう》が止まる。暗闇をすっかり追いはらうことはできない。ゾフィアはほとんど海岸かお風呂場《ふろば》にいるけど、ゾフィアを見るたびに、ぼくは折り紙の鳥でいっぱいの箱と、自分がかけた願《ねが》いごとを思いだす。ほかの願いごとはせず、ぜんぶ心の奥《おく》におしこめて、その願いだけにみがきをかける。

ぼくはずっと、マレクがキレるのを待っていた。ママの帰りがおそい時や、赤ちゃんのことで病院から電話があった時、晩《ばん》ごはんだぞ、って声をかけてくれたのにぼくが聞いてなかったり、ゾフィアの態度《たいど》が悪かったり、パブロがトーストをこっそり食べて床《ゆか》にはいちゃった時なんかに。ぼくはじっと待っている。なぜなら、こういうことは思ってたほどすぐに起きないこともあるからだ。すぐのこともあれば、何日かたってからのこともある。だから、いつもその覚悟《かくご》でいなきゃならない。でも、もう何週間もたった。何週間もたったのになにも起きない。どなったり、たたいたり、暗い部屋にとじこめて鍵《かぎ》をかけたりもしない。天然酵母《てんねんこうぼ》を使ったポーランド風のパンを焼《や》き、晩《ばん》ごはんをいっしょに作り、犬をつれて海岸を散歩《さんぽ》して、夜はポップコーンとあったかいココアを準備《じゅんび》して映画《えいが》を見て、赤ちゃんがどうなるか心配して泣《な》いたり、少しでも気持ちを楽にしようとだきあったりしてる。

ぼくはときどき、自分が待ってることをわすれてる。

ゾフィア

三人は家族らしくすごし、わたしは海に出たり、バスタブの中で数を数えたりしてた。わたしはときどき、自分は伝説《でんせつ》に出てくるセルキーみたいに、半分アザラシになってて、家じゃなくて海で暮《く》らさなきゃいけないんじゃないかと思ったりもする。アザラシになりかけてないか肌《はだ》をあちこち見てみたけど、塩《しお》からい海の水でふやけてるだけだった。でも家だと居場所《いばしょ》がないし、かと言ってセルキーなみに泳げるわけでもないから、どっちつかずで頭にくる。

わたしは海にだきしめてもらいたい。わたしを引《ひ》き裂《さ》かないでほしい。波の下にもぐったら、頭の中で音をたてて回ってることを、あれこれ考えずにすむようにしてほしい。わたしはただ、光がさす静《しず》かな海の中にいたい。なのにわたしはこうして海にふりまわされ、風が音をたてて吹《ふ》きつける岸にはきだされる。

トム

ゾフィアとはあまり顔をあわせないけど、マレクとぼくとでパブロを散歩《さんぽ》させるようになった。二人だけでいても、もうびくつくようなことはない。どこか緊張《きんちょう》はしてるけど、それで頭がいっぱいになったりはしない。ゾフィアがいっしょに来ないのは、しょっちゅう外へ出て海へおりていってしまうからで、びしょぬれになってもどってきたゾフィアは、砂《すな》のまじった塩《しお》水《みず》をはきだし、猛烈《もうれつ》に怒《おこ》ってるように見える。

友だちもできた。それも一人じゃない。たぶん。放課後《ほうかご》は毎日、ケートー組のみんなで海岸でバレーボールや鬼《おに》ごっこをするし、あたたかくなってきたので泳ぐ子もいる。みんないつもいっしょだし、ちょっと言いあいになったあとでも、あっというまになかなおりする。言いあいの原因《げんいん》はたいていゾフィアで、ボールが入っても出ても、自分の意見をまげようとしないからだ。でもキャメロンとぼくはならんですわり、算数や理科や本の話をする。キャメロンはおとなしくてやさしいし、ぼくが折《お》り紙《がみ》や部屋の明かりや赤ちゃんのことを話しても、そして、お父さんの話をした時も、キモいとか、ヤバいとか、そういうことは言わなかった。明かりがないとねむれないわけや、折り紙を折るわけや、前の学校での「事件《じけん》」のことは話さなかったけど、お父さんが今どこにいるかはかくさずに話した。でもキャメロンは、クラスのみんなにそれを大声で知らせたり、ぼくのそばをはなれたり、家に帰らなきゃ、と言ったりはしなかった。そして、**それはつらいよね**、と言ったので、ぼくはびっくりしてキャメロンの顔を見た。なぜって、ぼくはそういう気持ちを長いあいだしまいこんでいたからで、でも、たしかにつらいことだ。そう、ほんとうに。

ソフィア

五月になって、週末《しゅうまつ》にメイ・レガッタがあった。みんな港へ行ってアイスクリームを食べ、おしゃれな高級ヨットが何隻《なんせき》も、帆《ほ》を見せびらかすように行ったり来たりするのを見物する。わたしはレガッタが大好《だいす》き。だって、毎年お父さんと二人で見にいって、ひとつのコーンにアイスクリームを最低《さいてい》三種類《しゅるい》はのせて食べるし、気分によってはチョコレートソースをかけたりもするからだ。ちょっとどうかと思うような船もあるけど、見るのは好きだし、にぎやかなところを人ごみをかきわけて歩くのも楽しい。

もちろん、今年は楽しみになんかしてない。だって今年は、目の前でだんだん大きくなっていくフィオーナと、人に声をかけられたら樽《たる》の中にでもかくれてしまいそうなトムといっしょだからだ。そして四人の中で、今にも泣《な》きそうな顔をしてないのはわたしだけだからだ。人前でいっしょにいる時にほかの三人が泣きだしたら、わたしは海に飛《と》びこまずにはいられないだろう。

ケートー組はみんな行くし、今年はいつもよりもりあがってるのは、ジェイコブとジュードのお兄さん、ネイサンがヨットを走らせることになってるからだ。そして、そのヨットに少しだけでも乗せてもらえるんじゃないかとみんな期待してる。あれこれ想像《そうぞう》して、海に出てる時にネイサンが急病になったらどうしよう、わたししか船を岸にもどすことができる人がいなかったら、このわたしが、船底《ふなぞこ》をこすりそうな見るからに危険《きけん》な岩礁《がんしょう》をよけて船を走らせ、巨大《きょだい》な海へビとたたかわなくちゃいけなくなる、そんなことを考えてた。そしてみんなを乗せた船をあやつり、意気揚々《いきようよう》ともどってくると、港にいる人たちは一人残《のこ》らず歓声《かんせい》をあげ、わたしは英雄《えいゆう》になる。

港はすごい人出で、最高《さいこう》の雰囲気《ふんいき》だった。カモメたちはかん高い声で鳴きながら輪《わ》を描《か》いて飛《と》び、人が手にもってるパイやポテトフライをぬすもうとしてる。せまい石だたみの通りぞいや港のあちこちに、ひもにずらりとつけた旗《はた》がかざられ、春なのにクリスマスみたいだった。ドモを見つけたので、パブロをつれて走っていこうとしたら、お父さんに腕《うで》をつかまれ、ゾフィア、**今日はトムといっしょにいてやってくれないか**、と言われた。わたしは手をふりはらってにらみかえしたけど、お父さんはゆずらなかった。**たのんだぞ**、とお父さんが言うので、めんどくさそうになったら、パブロがそれにこたえてほえた。トムが、わたしについてきたくなさそうな顔をしてフィオーナのほうを見たのに、フィオーナはうなずき、**行ってらっしゃい**、と言ったので、それで話は決まりだった。

トム

港はすごくにぎやかで、人でいっぱいで、ぼくは背《せ》をむけてあの家まで走って帰りたくなった。一人になってもかまわない。たくさんの人の顔を次々に見てると、心臓《しんぞう》がドクドク音をたてはじめたのがわかった。ぼくは目をこらしてまわりを見まわしているタカだ。でも狩《か》りをしてるんじゃなくて、自分が獲物《えもの》になった気がする。

ママとはなれたくなかったのに、ゾフィアはぼくを海のほうへ引っぱっていった。ドモとキャメロンとレオとハリーマが先に来て待っていた。四人の横にはぴかぴかのヨットがあって、大きな青い帆《ほ》が風を受けてふくらんでいる。ジェイコブが、いや、もしかしたらジュードかもしれないけど、船室から顔を出して、**みんな、ぼくの船を見てくれ**、とさけんだので、レオがパスティ〔イギリスの南西部、コーンウォール地方でよく食べられている、肉や野菜を生地でくるんで焼いたもの〕をちぎって投げつけた。すると一羽《わ》のカモメが急降《きゅうこう》下《か》して、パスティがレオの手をはなれるかはなれないかのうちにくわえていったので、ぼくは思わず首をすくめた。ゾフィアの笑《わら》い声《ごえ》がはためいた帆にはじかれ、ざわめく海の上にひびいた。

ゾフィア

ネイサンはわたしたちを船に乗せてくれたけど、なにかをいじったり、こわしたり、息を吹《ふ》きかけたり、つまり、少しでも勝手なことをしたら、さっさと海にほうりこむからな、ときびしく念《ねん》を押《お》した。とくにパブロのことはうたがわしそうに見ていたが、それも当然《とうぜん》で、じつはもう舳先《へさき》のほうでこっそりおしっこをしてた。まあ、あのあたりはどうせすぐにぬれるだろう。トムは、パブロといっしょに岸に残《のこ》ろうか、と言ったけど、わたしの犬をトムにあずけるなんてありえない。カモメがそばで羽《は》ばたいただけで、トムはリードをはなしてしまうだろうし、そしたら一巻《かん》の終わりだ。

ネイサンの船はかっこいい。波の上に立ってるみたいで、ぐっとくる。甲板《かんぱん》が前後にゆれて波しぶきが髪《かみ》にかかり、水平線がわたしを呼《よ》んでいた。このまま海に出たい。この夏は、海岸でセーリングを少し習うことになっている。わたしは小さいころにちょっとやったことがあるだけで、そのあとは、どっちかっていうと泳いでばかりだ。でも、この船は最高《さいこう》なので、ネイサンに、いっしょに行きたいと言ってみた。そしたらネイサンは笑《わら》って、**だめだめ、おまえみたいなチビは一分ともたないよ**、と答えたので、頭にきた。わたしはチビじゃないし、ぜったい、ネイサンよりがまん強い。くるっと背中《せなか》をむけたけど、せまい船の上だとけっこうたいへんで、いきおいよく歩きだしたら正面からトムにぶつかってしまった。なんでいつもそこにいるの。じゃまばっかりするんだから。わたしが、どいてよ、とどなると、クラスのみんながじっとこっちを見てた。かまうもんか。

トム

あわてて飛《と》びのくと、ゾフィアは肩《かた》をそびやかし、嵐《あらし》の気配をただよわせて通りすぎていった。パブロがそのあとをついていく。ぼくは血がのぼってほおが熱《あつ》くなるのがわかり、目をふせて海を見たら気持ち悪くなったので、空を見上げた。

だいじょうぶか？　ゾフィアは気が短いからな、とレオが言ったので、ぼくはうなずいた。

中を見せてやるよ。ジェイコブがみんなに声をかけると、レオが、**よし、見にいこうぜ、**と言った。ほんとうは空が見えるところから動きたくなかったけど、結局《けっきょく》、おりてみることにした。

階段《かいだん》は小さくてせまかった。ぼくは両腕《りょううで》を横にのばし、ひんやりしたかべに手のひらをついたままゆっくりとおりていった。すぐ前にレオとキャメロンがいるから、つまずいたら三人ともころげおちてしまう。キャメロンの背《せ》中《なか》で下がほとんど見えないけど、中は暗そうだ。ポケットに手を入れて懐中電灯《かいちゅうでんとう》をとりだそうとしたら、指先にふれたのはやわらかなぬい目と糸くずだけだった。必死《ひっし》に手さぐりしても、ふるえる指先にはなんの手ごたえもない。もってこなかったんだ。ぱっと頭に浮《う》かんだのは、ぼくの机《つくえ》の上で、通学用のズボンから出したあと、ジーンズにうつしかえてもらうのを待っている懐中電灯の姿《すがた》だった。わすれてきた。なんてバカなんだ。わすれてくるなんて。前の学校であんなことがあったあと、これからは懐中電灯なしにはどこへも行かないぞってちかったのに、こんなふうに暗がりにおりていったら、またおなじことが起きる。

ゾフィア

レオとジェイコブとキャメロンとトムの四人が、せまい階段《かいだん》をおりていく。わたしをおいて。たしかに、ドモとハリーマは甲板《かんぱん》に残《のこ》ってるし、アルマとモーは今来たばかりで、ネイサンは帆柱《ほばしら》の途中《とちゅう》までのぼってロープでなにかしてるけど、男の子たちはわたしをおいていった。わたしだって下がどうなってるか見たいのに、トムだけつれてくなんて頭にくる。ネイサンが沖《おき》につれていってくれないとわかってから、おなかの中で火花をちらしていた怒《いか》りに火がついた。トムがうちに来てからずっとゆらめいていた怒りに。赤ちゃんに悪いところが見つかってからくすぶっていた怒りに。そういう怒りにいっせいに火がつき、わたしもいっしょに燃《も》えはじめた。そして階段《かいだん》のおり口についてる小さなハッチにかけより、バタンとしめて、かんぬきをかけた。

トム

ハッチが音をたててしまり、風のせいだと思っていたら、かんぬきがきしむ音が階段《かいだん》の下まででひびいた。ぼくは凍《こお》りついた。ぼくらがいるのは船底《ふなぞこ》で、明かりはまったくない。階段のてっぺんに見えていた小さな光はあっというまにのみこまれ、ぼくは忍《しの》びよってくる影《かげ》たちにとりかこまれた。影はふくらみ、身をくねらせながら手をのばしてくるし、あたりには低《ひく》いうなり声がひびいている。闇《やみ》は力をまして広がり、まばたきして追いはらおうとしたら、同時に体がふるえだし、ほおがぬれていたので、いつのまにか泣《な》いていたことがわかった。こっちに引《ひ》っ越《こ》してきてからは、まわりをまっ暗にしないようにしてたので、闇を吹《ふ》きはらう方法《ほうほう》をわすれてしまった。必死《ひっし》に空気をのみこんでるのに、いくらのんでも足りず、ハアハアと音をたてて息をするたびに胸《むね》が焼《や》けるようだった。心臓《しんぞう》が今にも爆発《ばくはつ》しそうに大きな音をたてて脈打《みゃくう》っている。ぼくは死ぬんだ、ぼくは死ぬんだ、ぼくは死ぬんだ……。あの人に、おまえはだめなやつだ、なぜ言われたとおりにできないんだと言われて、何度もとじこめられてた部屋の記憶《きおく》がもどってくる。黒い闇《やみ》の中、一人ぼっちでぼくは死ぬんだ、ぼくは死ぬんだ、ぼくは死ぬんだ。

そしたら、いきなり明るくなった。光が衝撃波《しょうげきは》みたいにぼくの中にどっと流れこんでくる。光に押《お》しやられた闇は、しかたなく船室のすみにこそこそ逃《に》げこんでいく。光が、さっきまで見えなかったものをぜんぶ見せてくれた。小さな部屋には、すごく小さなテーブルとすごく小さな流しがあった。なんだかわからない箱や電線がたくさんおいてある。冷蔵庫《れいぞうこ》がブーンと音をたてている。顔が三つ、こっちをじっと見ていて、レオの指がかべのスイッチにかかっていた。

ゾフィア

もちろん、わたしは三秒くらいでハッチのかんぬきをはずしたんだけど、それは、ドモがいつものドモらしくない声でわたしにむかってどなったあとだった。別《べつ》にたいしたことじゃない。わたしがハッチをしめなかったとしても、四人はおなじくらいの時間は下にいたはずで、どうしてみんながそんなにさわぐのかわからない。キャメロンが最初《さいしょ》に上がってきて、カニみたいに横歩きしてるのは、船の上だから用心してるのか、海水のせいでひどいカニ病にかかってるのか、どっちかだろうとはじめは思った。でも、じつは、キャメロンが横歩きで階段《かいだん》を上がってきたのは、トムをささえるためだった。トムは一人で階段を上がれなかったのだ。幽霊《ゆうれい》みたいにまっ青《さお》な顔をして、体中の筋肉《きんにく》という筋肉がぶるぶるふるえてる。木の葉のようにふるえる、という言いまわしは聞いたことがあるけど、ほんとうにはわかってなかった。だって、木の葉は紙みたいにうすくてやぶれやすいのに、人間は骨《ほね》と筋肉と、それをくっつけているたくさんの腱《けん》でじょうぶにできてるから。でもトムは、木の葉のようにふるえてる。まるでぺちゃんこにされて中身をくりぬかれ、風に吹《ふ》かれてふるえてるみたいだった。

下でなにがあったの、ってつぶやいたら、ジェイコブが上がってきて、ハッチがバタンってしまって、下の明かりがひとつもついてなかったんだ、と言った。てっきり、もっとたいへんなことがトムに起きたんだと思ってたから、わたしは声をたてて笑《わら》った。そしたら、キャメロンがやけどしそうなすごい目でこっちをにらんだ。キャメロンがあんな目つきをするのは見たことがない。

ハッチがしまって、ちょっと中が暗かったくらいで、どうしてあんなにふるえてるの、とドモがささやくと、ハリーマが、わたしが答えを知ってるみたいな目でこっちを見た。わたしがハイエナみたいに笑《わら》って、なにかいじわるなことを言おうとしたら、キャメロンがわたしたちをにらみつけたので、ドモとハリーマは顔をまっ赤《か》にした。

キャメロンがやさしい言葉を何度もそっとかけつづけてるのに、トムは目がうつろで顔を涙《なみだ》でぬらし、青くなったくちびるのあいだから、するどい口笛のような音をたてて息をすってい る。

どうすればいいんだろう。ドモとハリーマを見たら、ハリーマはトムの背中《せなか》をなでてやってるし、ドモはポケットの中をさぐってキャンディーの袋《ふくろ》を見つけ、こういう時はあまいものがいいんだよと言って、それをさしだしていた。どうしてみんな、だれかが暗いところにとじこめられたあとはこうするのがふつうだ、みたいにふるまってるんだろう？　どうしてみんな、トムのことをこんなに特別《とくべつ》だいじにあつかってるの？　なぜみんな、わたしのことを怪物《かいぶつ》を見るような目で見るんだろう？

ネイサンがあわてて帆柱《ほばしら》からおりてくると、トムをすわらせて声をかけた。よし、いいか、鼻から息をすって口からはくんだ、そう、そう、鼻からすって口からはく、その調子だ、ちょっとパニックを起こしただけだからな、ただのパニックだ、ゆっくり息をすればなおるぞ。それからネイサンは、みんなにむかって、トムのために場所をあけてやるように言った。どっちみち、トムのせいでわたしにはもう居場所《いばしょ》がない。わたしは船から栈橋《さんばし》に飛《と》びおりると、パブロとならんですわり、トムが船べりからはくのを見ていた。

はいたら少し気分がよくなったけど、はいたものが船の横にべっとりついてしまった。でもネイサンはすごくやさしかった。ぼくは、ネイサンのきげんががらりと変《か》わって、花火みたいに爆発《ばくはつ》するんじゃないかと気が気じゃなかった。でも、ネイサンはぼくの心配に気づいてもいないみたいだった。そして、水をもってきてくれたので、ぼくはそれを少し口に入れて、いやな味をすすいだ。

ケートー組のみんなはうしろでうろうろしていて、小声で交《か》わす話し声がミツバチの羽音《はおと》みたいに聞こえてくる。ぼくは顔を上げられなかった。みんなの顔を見られないし、みんなと目をあわせられない。これで、ぼくがどんなにいくじなしか知られてしまった。ぼく以外《いがい》にはだれも、船底《ふなぞこ》におりていってもこわがらなかった。息をぜんぶはききってすえなくなる子は、だれもいなかった。だれも船の横から身を乗りだして、はいたりしなかった。ぼくの耳にはまだ、波にあたって返ってくるゾフィアの笑《わら》い声《ごえ》が残《のこ》っている。

もう帰りたい。

こんなことは二度と起きないと思ってたけど、なんてバカだったんだ。

ゾフィア

もちろん、お父さんとフィオーナはトムになにかあったと気づくだろう。だって、まっ青《さお》な顔をしてふるえてるんだから。トムはだれにもなんにも言わずに急いで船からおり、ウサギを追いかけるパブロみたいに猛《もう》スピードで港からはなれていった。わたしはあわててあとを追った。もしトムを見失《みうしな》ったら、お父さんになにされるかわからないし、トムはパブロみたいにマイクロチップをうめこんでるわけでもない。わたしは人ごみをぬけ、人の脚《あし》や荷物や犬のリードのあいだをぬい、**こらっ、どこ見てるんだ、気をつけろ、走るな、**とどなられながらあとを追っていく。

そろそろ息が苦しくなりかけたころ、トムが急に立ちどまったので、わたしは背中《せなか》にもろにぶつかり、トムはまた木の葉のようにたおれた。わたしは上に乗ってしまったので、熱湯《ねっとう》に落ちた猫《ねこ》みたいに飛《と》びあがり、トムもあわてて体を起こすと、ジーンズのひざに血がにじんでいた。わたしがぶつかったせいでトムが血を出したのはこれで二度目だ。かなり痛《いた》そうだったのに、本人は青いデニムに広がっていく赤いしみに気づいてもいないらしい。起こしてやろうと思って手をのばしたのに、トムは目もくれずによろよろと立ちあがり、足を引きずりながら、お父さんとフィオーナが列にならんでいるパスティの屋台にむかって歩いていった。

家に帰ると、お父さんはものすごいいきおいで怒《おこ》った。今まであんないきおいで怒ったのは見たことがない。わたしがあのむかつく赤《あか》ん坊《ぼう》のことであんなことを言ったあとも、ここまでは怒らなかった。体から怒《いか》りがゆらゆらたちのぼっているのがわかる。お父さんが怒ってるのは、わたしがトムを船室にとじこめたからじゃない。わたしがやったってことは知らないし、トムも知らないし、たぶんドモは知ってるけど、だれにも言ってない。お父さんが怒ってるのは、わたしがさつで、声が大きすぎて、フィオーナにもトムにもやさしくなくて、トムを二度つきとばして、家族のだんらんに加《くわ》わらなくなって、自分のことしか考えず、やりたいほうだいで、いいかげんにしろ、と思ったからだ。お父さんの言葉は波のように一気に押《お》しよせ、海水の塩気《しおけ》を肌《はだ》にすりこまれているみたいだった。積《つ》みあがった言葉の重みでわたしの体にひびが入り、くずれはじめてる気がして、思わず顔を上げて海を見つめると、フィジーが空にむかってそびえていた。お父さんなんてきらいだ、きらいだ、きらいだ、とわたしはつぶやいた。

トム

ぼくはホットココアを飲み、ママとならんですわり、くだらないテレビ番組を見て、どうでもいいおしゃべりをした。船でなにがあったかは話してない。ママを心配させたくないし、これくらいは胸《むね》にしまっておける。マレクはゾフィアと二人で海岸に行ってるから、少しのあいだ、二人だけだったころとおなじ気持ちになった。ちがうのは、ママのおなかがふくらんでて、赤ちゃんの心配があること。それにラグの上ではパブロがいびきをかいてるし、海の音も聞こえてくる。でも、楽しい時間だった。

ゾフィアがドスドス入ってきたけど、マレクはいっしょじゃなかった。ママが、赤ちゃんがけってるから、さわってみないかと声をかけた。ゾフィアは顔をくもらせ、なにも言わずに階《かい》段《だん》をのぼっていった。もめるのはいやだから、そういう言い方はしないようにしてたのに、ぼくは思わず、ゾフィアは赤ちゃんに冷《つめ》たいよね、と言ってしまった。ママはぼくの髪《かみ》をなでて、**わたしたちとおなじで、あの子もこわいのよ、**トム、と言ったので、ぼくは思わず笑《わら》った。ゾフィアには、この広い世界でこわいものなんてない。

ソフィア

四秒がまんしたところで水が脳《のう》みそに入ってきそうになったので、バスタブの底《そこ》から浮《う》きあがり、せきこんでむせた。そして、冷《つめ》たい水に浮かんだまま考えた。手をあてたところを赤ちゃんがけったら、どんな感じがするんだろう。手のひらをくすぐられた時と、たたかれた時、どっちに近いのかな？　でも、そこまででやめた。そういう考えに鍵《かぎ》をかけ、その鍵をすてた。赤《あか》ん坊《ぼう》のことなんてなにも知りたくない。考えたくない。

トム

寝《ね》る時間になっても、ぼくはまだ今日あったことに胸《むね》がざわついていて、心が大きくゆれていた。あばら骨《ぼね》の内側《うちがわ》ではずかしさがドクドク脈打《みゃくう》っている。ケートー組のみんなは、ぼくのことを、キモいとか、変《か》わり者《もの》とか、前の学校の男の子たちに言われてたようなやつだと思うようになるだろう。お父さんに言われてたようなやつだと。あの人はぼくを暗い部屋に入れてドアに鍵《かぎ》をかけてから、ぼくのことをそんなふうに言った。ドアをあけてくれるのは一時間してからのこともあれば、一分とか一秒とか、そういうこともあって、ほんとうはどれくらいたってたのかぼくにはぜんぜんわからない。最初《さいしょ》は泣《な》いたりしなかった。でもそのうち、まわりの暗闇《くらやみ》が形を変えだした。ぼくにつかみかかり、ものをおおいかくし、かみついたり、たたいたり、シュ一ッと音をたてたり、ささやいたりした。そしてあの人がドアをあけると、光がぼくのまわりに流れこんでくる。あの人はその光の入口に立ち、声をたてて笑《わら》う。ぼくは息をしつづけることでせいいっぱいだった。

トレヴァートン小学校では、ジョージとコナーが、おもしろいと思ってぼくを体育用具室にとじこめた。二人は、みんながぼくのことを笑《わら》い、そして自分たちもいっしょに笑えると思ったらしく、どっちもそのとおりになった。ぼくの悲鳴がすごく大きくなって、先生に聞こえるかもしれないと思った二人は、ドアをあけた。すると笑い声は消えてみんなだまりこみ、おどろいて、おびえた。ぼくはまっ暗な用具室から光の中へころがりでて、床《ゆか》の上でまるくなった。ドアをひっかいていたせいで指から血が出ていたし、グレーのズボンの前には大きなしみができていた。ぼくはなにも話す気はなく、そもそも口がきけなかったし、動く気はないし、動けなかった。メイシーが保健室の先生を呼《よ》びにいった。結局《けっきょく》、学校からママに電話がかかってきた。ママは着がえのズボンをもってきてくれて、ぼくを家につれかえったけど、ぼくはなにがあったのかぜったいにしゃべらなかった。それからは、トレヴァートン小ではだれもぼくに口をきかなくなった。ぼくは、暗い部屋に入れられておしっこをもらし、泣《な》きわめいて血を流した子になったのだ。だれも友だちになりたがらなかった。そして、おなじことがまた起ころうとしている。ゾフィアはぼくのことを笑い、ぼくはゾフィアがきらいになった。

　明かりはぜんぶつけたままにして、床《ゆか》のすきまから暗闇《くらやみ》が出てこないよう、あちこちに折《お》り紙《がみ》用の四角い紙をおく。でも、闇はまだその下にあるとわかっていたし、追いはらうことはできなかった。ツルを四十七羽《わ》折り、折りながら考えていたのは、この段《だん》ボール箱の中にいろんな色のツルがだんだんふえていくようすと、あとどれくらい折れば願《ねが》いがかなうんだろう、ということだけだった。うしろむきでいじわるな願いごとだけど、考えるのは楽しいし、かまうもんかと思い、気がつくと笑《わら》ってた。指が痛《いた》くなってやっと折るのをやめたけど、朝が来て空がピンク色の縞《しま》もようになるまでねむれず、海にうつる光が変《か》わっていくのをずっと見ていた。

ゾフィア

翌朝《よくあさ》は、海鳥がギャアギャア鳴きはじめる声で目をさました。思わずうなったのは、日曜日で寝坊《ねぼう》したかったからだ。でも寝てるだけじゃつまらないから、ほんとうに寝坊したいわけじゃない。上がけをテントにして、床下《ゆかした》にかくしてあるお菓子《かし》の箱をあさり、先週レオが貸《か》してくれたグラフィックノベルを読んでいたい。レオがお兄さんにだまってもちだした本で、たぶん、ゾンビとか吸血鬼《きゅうけつき》とかドラゴンの体が切れる剣《けん》とか、おもしろいものがたくさん出てくるはず。お菓子箱の中には、クランチーとスニッカーズのチョコバーが一本ずつ、フラフープスがひと箱、ブレスレットキャンディがひとつ、ハロウィーンの残《のこ》りの目玉チョコがひとつ入ってる。リンゴも一個《こ》入ってるかもしれないけど、今ごろしなびて目玉チョコみたいになってるだろう。箱はしばらくあけてなかった。

ベッド横の、きしむ床板《ゆかいた》の下にある秘密《ひみつ》のかくし場所からお菓子《かし》を出す。そこは、チョコレートや、お父さんに見つかったらまだ早いって言われるような本や、わたしの好《す》きなものをかくしておく場所だ。その本の六ページを読みながら二本目のチョコバーを食べてたら、お父さんがドアをノックして顔をのぞかせた。朝の空気で、わたしをしかった時の気分は吹きとんだらしい。

もう起きて服を着なさい。見せたいものがある。きっとおどろくぞ。

こういうのは大好《だいす》きだ。また赤ちゃんができたって言われておどろくのはいやだけど、今ならその心配はない。飛《と》びおきてジーンズをはき、オウムのイラストのついたストライプのTシヤツを着ると、急いでキッチンにおりていく。

トムは先におりていて、パブロのかわいい耳をなでていた。やはり着がえをすませている。トムはこっちを見てあまりうれしそうな顔をしなかったけど、それはおかしい。だって、わたしがなにをしたか知らないんだから。あの時のことを考えると、わたしはいごこちが悪くなって、おなかがしめつけられる気がした。トムは半ズボンをはいてるから、両ひざのすりきずがキイチゴみたいに赤くなってるのがわかるし、あごにもうっすらあざができている。お父さんを見ると、長靴《ながぐつ》をさがしながら同時にマグカップのコーヒーを飲みほし、クロワッサンを食べて、猫《ねこ》にえさをやろうとしてた。そしてまちがって、そのクロワッサンをフリーダのえさ用のお皿においたので、わたしはお父さんが、かわりにキャットフードを口に入れるんじゃないかと思って見てた。でもお父さんは頭をふってねむけをはらい、玄関《げんかん》のドアをあけた。そして、よし、いくぞ、と大声で言うと、パブロがつめで床《ゆか》をひっかきながらついていったので、それまでパブロの耳をなでていたトムの手がおきざりになった。

わたしの犬と、わたしのお父さんのあとについて外に出る。うしろはふりかえらなかったけど、ついてくるトムの足音は聞こえていた。

トム

ほんとうは行きたくなかったのに、今朝、ママが部屋に入ってきて、ベッドのはしに腰《こし》をおろし、よくがんばっていてえらい、とぼくをほめてからこうつづけた。マレクがすごく楽しそうなことを考えてくれて、ぼくも気にいるだろうし、すぐそこだから行ってくるといい。楽しいこともないといけない、と。**いろんなことがあったからね**、というママの言葉はずしりと重かった。そして、今朝はこれから赤ちゃんの服をたたむのよ、こんなにたいくつなこともないわ、と言った。手伝ってあげてもよかったけど、ママの言うとおりにしたかった。もめごとは起こしたくない。

ゾフィアとパブロとマレクのあとから玄関《げんかん》を出て、きちんとドアをしめる。都会では見たことがないような気持ちのいい朝だった。朝日で雲が赤くかがやき、芝生《しばふ》は露《つゆ》でぬれている。海から吹《ふ》くそよ風がほおをなで、遠くまではっきり見える。海が空と出会うところや、切りたった海岸のあちこちに小さな家があって、そのあいだをぬうように道がつづいているのも見える。学校の屋根や、波だつ海に浮《う》かぶ黒っぽい島も見えた。

マレクは、初《はじ》めてぼくがここへ来た時、ママが馬小屋だと言った建物《たてもの》にむかって歩いていった。もう馬はいないけど、この家が建《た》てられた時はいたらしい。馬小屋は海からの風と何十年分もの嵐《あらし》にさらされ、たたかれて、今はただのくずれかけた灰色《はいいろ》の石づくりの建物にしか見えない。土ぼこりで黒ずんだかべや窓《まど》にツタがからみついている。マレクが鍵《かぎ》をはずしてドアをあけた時、建物がそっくりくずれて頭の上から落ちてくるんじゃないかと心配になった。

マレクがスイッチを入れると、光が一度に目に入り、頭の中に広がった。一瞬《いっしゅん》、なにも見えなくなる。それから少しずつ物の形が浮《う》かんできた。かたまりや線が見えてくる。空中でほこりがくるくるおどっている。まぶしい光に目がなれてきても、目の前にあるものがなにか、よくわからなかった。

ゾフィアが言った。**あれって、作りかけのできそこないボートじゃない？**

ゾフィア

そうだ。作りかけのできそこないボートだ。去年、学校で進化について教わったけど、このボートは進化の第一段階《だんかい》だ。すべての船はもとをたどればこのボートで、やがて形を変《か》えながら進化し、だんぜんよくなった、って感じ。

お父さんは、たぶん船底《ふなぞこ》をささえるはずの、むきだしの肋骨《ろっこつ》のような木組を指でなでている。底《そこ》になる板がついてないから骸骨《がいこつ》みたい。幽霊船《ゆうれいせん》だ。骨《ほね》と骨のあいだに銀色のクモの巣《す》まではっている。わたしは、海賊《かいぞく》たちの亡霊《ぼうれい》が、金切り声で鳴くオウムのゾンビを肩《かた》にのせ、霧《きり》につつまれた海をこの船で進んでいくところを想像《そうぞう》した。

こいつを作りはじめた時、おまえはまだ生まれてなかったが、お父さんには夢《ゆめ》があったんだよ、ゾフィア。毎年、夏になったら、おまえをこのボートに乗せて海に出よう。砂浜《すなはま》で遊んで、こぎ方を教えて、あの入江《いりえ》まで行こう。もってきたランチを食べて、釣《つ》りをして……。なのに、おまえがまだ小さいうちにお母さんが死んで、仕事がすごくいそがしくなって、あとはここにおきっぱなしにしてた。このままじゃくさっていく。でも、おまえたち二人はもう、あとをまかせられるくらい大きい。三人でいっしょに作ろう。やり方は教えるが、そんなにむずかしいものじゃない。基本《きほん》さえわかれば、大部分の作業はおまえたちだけでできる。ほら、こういうのはなんて言うんだっけ？　そう、自由研究だ。共同《きょうどう》自由研究だな。

わたしは、このボートにとっていちばんいいのは、今のかわいそうな状態《じょうたい》を静《しず》かに終わらせることだと思う。薪《まき》ストーブにくべてやるのはどうだろう。トムといっしょに自由研究だなんて、考えただけで胃《い》がひっくりかえる。このうす暗い小屋の中に、トムと二人で何時間も、何日もとじこもるなんてごめんだ。ストーブに頭をつっこんだほうがましだ。まゆ毛をそられるほうがましだ。トムとしゃべるくらいなら、ニワトリみたいに、コッコ、コッコ、言ってたい。ハムスターになってもいい。分数の計算でもしてたほうがよっぽどましだ。

トムは、お父さんからボートに目をうつした。きっとわたしとおなじようにぞっとしていて、てっきり、さそってくれたのはうれしいけど、あんまりやりたくない、とかなんとかもごもご言うものだとばかり思ってた。昨日《きのう》、船に乗っただけであんなにびくびくしてたんだからなおさらだ。なのにトムの顔が、砂浜《すなはま》で初《はじ》めてバレーボールをした時みたいに変《か》わっていった。生き生きしてきた。目の奥《おく》に光がともり、かたまっていた体が鳥の羽根《はね》くらいに軽くなったようだった。

トムがわたしぬきで、お父さんといっしょに自由研究をやるなんてありえない。

わたしが船長だからね！ 気がついたら、そうさけんでた。

トム

ぼくはものを作るのが好《す》きだ。なにもないところから始めて、なにかができあがるのが好きだ。一見、役にたたないように見えるし、たぶんそれだけじゃ役にたたないものに目をつけて、なにかの役にたたせるのが好きだ。ものを直したり、新品同様にするのが好きだ。今までにも、ラジオや電気スタンドや懐中電灯《かいちゅうでんとう》、小さなウィンドベルや、ママにあげたあの時計も作ったし、レゴや紙で数えきれないくらいたくさんの世界を作った。今では頭の中で考えただけで、それまで折《お》ったことのないものでも折り紙で折ることができる。ママがさみしそうな時は鳥やゾウやクジラを折ってあげる。ぜんぶ、ただの正方形の紙から折る。これって、ちょっとすごいことだと思う。なにかを作ってると、まったく別《べつ》の世界に引きこまれていく。細かいところにのめりこむように集中して、ほかのことはぜんぶ溶《と》けて見えなくなり、ぼくをがんじがらめにしているあのいつもの恐怖《きょうふ》もゆるむ。ほんの少しだけど。

セーリングをしたり、波が高い時に船に乗ったり、水平線にむかって漕《こ》いでいく気はない。昨日《きのう》あんなことがあったあとで、二度と船になんか乗りたくない。でも、作ってみたい。こういう木でできたカーブやアーチや放物線のかたまりを引きうけて、ちゃんと形にして、浮《う》かんで進むようにしたい。

たとえ、ゾフィアと二人でやることになっても。

ゾフィアがその船の船長でも。

ゾフィア

お父さんは、わたしが船長になるのをどうしてもゆるしてくれなかった。そんなのぜったいおかしいし、すごくむかつく。だってドモがもってる船長帽《ぼう》を貸《か》してもらえば、わたしの黄色いレインコートとぴかぴかの黒い長靴《ながぐつ》とよくにあうだろうから。お父さんは、二人が共同《きょうどう》船長にならなきゃだめだって言うけど、そんなのバカげてる。理由は二つ。ひとつは、ドモは船長帽をひとつしかもってないから。もうひとつは、トムの命令《めいれい》を聞こうとする人なんてだれもいないからだ。

お父さんは、わたしたちのために紅茶《こうちゃ》をいれにいった。どうやら、木工をする時には紅茶がかかせないと思ってるらしい。お父さんがトムに、ミルクや砂糖《さとう》はどうするときくと、トムは、よくわからないと答えた。わからないなんてことがあるんだろうか、と思ったけど、お父さんはうなずいて出ていき、トレーをもってカチャカチャ音をたてながらもどってきた。トレーには、取っ手が金属《きんぞく》のいつも使ってるガラス製《せい》のマグカップが四つのってた。ほかには、湯気の上がるティーポットと小さなミルク入れ、はっとするような黄色いレモンのスライスをのせたお皿と、青い海鳥のもようが入った、うちで前から使ってるふちの欠《か》けた砂糖壺《さとうつぼ》がのっている。

砂糖壺は、学校が休みの時に、お父さんと二人で行ったウェールズで買ってきたやつだ。あの時は、二人で山のてっぺんまでのぼったっけ。

お父さんは紅茶《こうちゃ》をマグカップにそそぐと、トムにむかって、自分は砂糖《さとう》とレモン、ゾフィアはミルクを入れるんだ、と言い、二人のマグカップを用意した。そしてトムには、砂糖とレモン入りの紅茶と、わたしのとおなじミルク入りの紅茶を作り、ためしに両方飲ませた。お父さんは、これでトムがほんとうのイギリス人なのか、それともじつはポーランド人なのかわかるぞ、と言ったので、思わず笑《わら》ってしまった。トムは飲みくらべたけど、そのようすがものすごく真剣《しんけん》そうで、たぶん、ほんとに真剣だったんだと思う。なんだか体の中に精密《せいみつ》な秤《はかり》と味の基《き》準表《じゅんひょう》があるみたいで、もしもトムが棒《ぼう》グラフと大学の先生が使うような指示棒《しじぼう》をとりだしていたとしても、わたしはおどろかなかっただろう。お父さんとわたしは、まるでどっちの紅茶がおいしいかを決めるコンテストの結果《けっか》発表を待ってるみたいで、じっさい、そうだったと言っていい。トムは時間をかけてもう一度飲みくらべたので、わたしはじりじりして、つま先をやけどしたカエルみたいにぴょんぴょん飛《と》びはねた。そして、ねえ早くしてよ、どっちどっちどっち、とくりかえし、トムはあの、ときおりわたしをドキッとさせる表情《ひょうじょう》を浮《う》かべてにやりと笑《わら》うと、ごめん、マレク、マレクの飲み方はむちゃくちゃまずい、と言った。

トムがこんなにたくさんしゃべるのは、今まで聞いたことがなかったかもしれない。そしてわたしは何度も飛《と》びあがり、歓声《かんせい》をあげ、おどりながら馬小屋のまわりを回り、だから言ったじゃない、と言うと、お父さんは窒息《ちっそく》するんじゃないかってくらいのいきおいで笑《わら》いころげた。トムも笑い、わたしも笑って、昨日《きのう》の怒《いか》りとその前何日分もの怒りが、馬小屋の中の紅茶《こうちゃ》の湯気に少しだけ溶《と》けた。

トム

船を作るのは、折《お》り紙《がみ》で魚を折るよりずっとむずかしい。マレクは、むずかしいのは骨組《ほねぐ》み作りで、そこは終わってるからと言うけれど、やっぱり、どの作業もむずかしそうだった。マレクはぼくとゾフィアに、かんなを使って材木《ざいもく》の表面をけずり、なめらかにする方法《ほうほう》を教えてくれた。マレクがやるとかんたんそうだった。マレクが微妙《びみょう》な力かげんで押《お》すと、かんなはすべるように動く。なのにぼくがやると、ジグザグの溝《みぞ》がほれてしまった。ぼくは手を止め、またこれでなにもかもだいなしにしてしまったと思い、ぞっとした。てっきりどなり声と手が飛《と》んできて、暗いところに押《お》しこめられ、あたりがぐるぐる回るんだろうと思った。パニックで全身がかたまり、ぼくは目をとじて待った。でも、そんなことは起こらなかった。

マレクは、いいぞ、コツをつかみかけてる、最初《さいしょ》のほうはすごくなめらかだった、いいか、手を木の形にそって動かすんだ、と言うと、片手《かたて》をぼくの手にそえてやってみせようとした。でも、そこで手を止めて、ゾフィア、こっちへおいで、トムはまねしてごらん、と言った。そして、片手をゾフィアの手にかさねてかんなをかけ、ぼくは二人の動きとリズムをまねした。

そんなふうに、三人で船にかんなややすりをかけて形をととのえているうちに、午前中はあっというまにすぎていった。ぼくは材木《ざいもく》の形のことしか考えてなかったから、心はからっぽでおだやかだった。そのうち、マレクが昼ごはんのしたくをしに行ってしまい、ぼくとゾフィアの二人だけになった。ぼくは顔を上げず、目の前の材木だけを見ていた。ところが指が思うように動かず、親指の皮をそいでしまった。悲鳴をあげないようにしたのに思わず声がもれ、ゾフィアが近づいてきた。ぼくはてっきり、笑《わら》われるか、しっかりしなよと言われるか、完全《かんぜん》に無視《むし》されるだろうと思ってたら、そのどれでもなかった。ゾフィアはあわてず、木製《もくせい》の作業台のひとつにおいてあった緑色のプラスチックの箱をあけると、ひとことも言わずに小さなびんに入った滅菌水《めっきんすい》を、ぎざぎざになったきず口にかけて血とよごれを洗《あら》いながし、けがした親指に絆創膏《ばんそうこう》を巻《ま》いてくれた。ゾフィアの手の動きはとてもゆっくりとやさしくて、まるで別人《べつじん》みたいだった。ゾフィアは自分の手についたぼくの血を見て、わたしが吸血鬼《きゅうけつき》じゃなくてよかったね。もう、おなかぺこぺこなんだから。さあ、お昼を食べにいこう、と言った。

昼ごはんは、みんなそろってキッチンで食べた。ぼくは、かんなくずとほこりと泥《どろ》だらけで、あちこちの筋肉《きんにく》がズキズキ痛《いた》み、手にはいくつもまるいまめができていた。ママが、トーストしたチーズサンドをぼくにわたし、楽しいのかときいてきたので、ぼくは、うん、と答えた。

そして、それはほんとうだった。

ゾフィア

わたしたちは一日中ボートを作ってた。やめたのは、空が海のむこう側《がわ》からだんだん暗くなってきて、おなかがグーグー鳴る音がかんなをかける音より大きくなったころだ。うしろに下がって、今日ここまでの進みぐあいをながめてみると、正直、たいして変《か》わってないように見える。一日で作れるとは思ってなかったけど、なぜか、始めた時のほうがボートの形に近かった気がする。じつはほんとうにそうで、なぜなら昼ごはんのあと、お父さんが急に、十二年前のボートの作り方はもう時代おくれだと言いだしたからだ。お父さんがこの十二年でいつのまに最近《さいきん》のボート事情《じじょう》にくわしくなったのかきいてみたかったけど、例《れい》の遠くを見るような目をしてたので、きいてもわたしの言葉は耳に入らないだろうと思った。とにかくお父さんは、わたしたちに一から新しいボートを作らせることにした。

お父さんに手《て》伝《つだ》ってもらいながら、船尾《せんび》に垂直《すいちょく》にとりつける板を四角いベニヤ板から切りだす。お父さんはわたしたちにノコギリの使い方を教えてくれた。ぐらつかせずにまっすぐ引かないと、歯がひっかかって板がギザギザにさけてしまう。すごくむずかしくて、もう少しで腕《うで》を切りおとしそうになった。どうにかやりおえたのはほんとに奇《き》跡《せき》だ。そして、まあやるだろうなとは思ってたけど、トムの腕には小さなノコギリの歯形がきれいにならんでた。

ボートのうしろが少しくらいつぎはぎになったって、わたしはそんなに気にならない。とにかく今すぐにでも、この船を押《お》してやわらかい砂《すな》の上を海まではこび、遠くはなれた国へ漕《こ》ぎだしたい。釣《つ》った魚を食べて、波にゆられて、どこまでも広がる海の上の小さなケシ粒《つぶ》になりたい。

四人でテーブルをかこみ、冷凍《れいとう》のピザとフライドポテトを食べる。わたしの大好物《だいこうぶつ》だ。ケチャップをかけまくり、お皿の上が殺人現場《さつじんげんば》みたいになってるのに、もうちょっとかけた。トムのポテトのつつき方はスズメのひなににてるけど、昨日《きのう》よりはたくさん食べてる。ボート作りはおなかがへる。

完成《かんせい》はいつ？ ってお父さんにきいたら、少し考えて、**そうだな、たぶん赤ちゃんが生まれるころかな**、と答えた。一瞬《いっしゅん》、しんとしたのは、そのあとに起きるかもしれないことをみんな知ってたからだ。その前、かもしれない。

赤ちゃんを基準《きじゅん》に考えたくないけど、たぶん、三か月先ってことになる。三か月！　夏がそっくり終わっちゃう。わたしは舌《した》をつきだして、それじゃおそすぎると言ってみた。クスッと笑《わら》う声が聞こえたので、トムの顔を見ると、フライドポテトをじっと見ていた。お父さんは肩《かた》をすくめ、わたしたちが本気を出して放課後《ほうかご》がんばれば、赤ちゃんが生まれてくる前に完成《かんせい》するかもしれないと言った。赤ちゃん、赤ちゃん、って何度も言わないでほしい。

それなら、とわたしはフライドポテトを血まみれの剣《けん》のようにかざし、**ボート作りをがんばって、夏のうちに、うんと遠くまで走らせよう、**と言った。

フィオーナは、わたしにむかってにっこり笑《わら》うと、**こうと決めたらまっしぐらね、**と言った。よくそんなふうに言われるけど、それはたいてい、人の言うことを聞かない、って意味だ。でも、この時のフィオーナはいい意味で言ってると思ったので、なにかあたたかいものがこみあげてきた。トムのほうにむきなおり、**わかった？**と言ったら、一瞬《いっしゅん》、間があったので、わたしはなにもない空間を落ちていくような気がして、いいよ、わたし一人でやるから、とどなりたくなったけど、トムはすぐにうなずき、わたしはなにもなかったような顔でフライドポテトを食べた。

太陽がすべりおちるように海にしずんでいく前に、わたしはドモと泳いだ。ドモはくるりと上をむいて浮《う》かび、金色にそまった空を見上げて、ねえ、ゾフィ、トムを船室にとじこめたの？　と言った。わたしがあんまり速く首を横にふったので、海水が真珠《しんじゅ》の粒《つぶ》のように二人のまわりに飛《と》びちった。あの子がおくびょうなだけだよ、と言うと、ドモは妙《みょう》な目つきでこっちを見て、ゆっくりはなれていった。

わたしはフライドポテトでおなかがいっぱいで、あまり遠くまで泳げそうになかったけど、水をけってしぶきをあげ、つりそうになった脚《あし》をできるだけのばした。水平線に浮《う》かぶフィジーまで、百万マイルある気がした。

トム

船を作りはじめた日曜日の夜、ゾフィアはまた海へおりていき、ぼくはまた一人になった。ツルは四羽《わ》しか折《お》らなかった。今夜はたくさん折らなくていい気がする。例《れい》の願《ねが》いごとも胸《むね》の奥《おく》のパニックも、いつもよりおとなしい。パニックの虫がもぞもぞはいのぼってこようとするたびに、材木《ざいもく》の固定《こてい》のしかたやノコギリの使い方を思いだす。ノコギリの歯がひっかかって食いこまないように、引いてはもどし、引いてはもどしをくりかえす。頭の中のノコギリのリズムが、窓《まど》の外でよせては引いていく波のリズムにかさなって、ぼくの心臓《しんぞう》はしばらくのあいだゆっくり動く。

翌日《よくじつ》は先生たちの研修日《けんしゅうび》で、学校が休みだった。助かった。あんなことがあったあとだから、ケートー組のみんなと顔をあわせたくない。ぼくは初《はじ》めて友だちをなくしたと感じた。だって今までは、ぼくがどんな人間か知られてしまう前に、だれかとなかよくなったことなんてなかったから。学校へ行きたくないし、なにかが消えてしまった気がした。馬小屋にこもり、材木《ざいもく》の節《ふし》や木目を相手に新しいものをひたすら作っていたい。

トーストにバターをぬって食べてたら、マレクが、船を作りなおすのに材料《ざいりょう》や工具がいると言った。材木《ざいもく》や接着剤《せっちゃくざい》、エポキシという特殊《とくしゅ》な接着剤、はりあわせたところをおさえておくクランプという金具なんかだ。今あるクランプは古くて赤錆《あかさび》が浮《う》いている。それと、浸水《しんすい》しないようにニスをぬる必要《ひつよう》があって、こい色のニスにするか、うすい色のニスにするか決めなきゃならないし、ニスじゃなくて色つきの塗料《とりょう》をぬってもいい。ぼくがうすい色のニスがいいと言ったら、ゾフィアはこい色がいいと言い、朝ごはんを食べながら言《い》い争《あらそ》いになった。っていうか、うすい色がいい、とぼくが言ったら、ゾフィアが大声でわめきだしただけだ。マレクがゾフィアに、静《しず》かにしないと海にほうりこむぞ、色はぬる時が近づいたら決めると言った。

マレクの車で材料《ざいりょう》を買いに出かけることになり、ぼくはうしろの座席《ざせき》にすわった。助手席《じょしゅせき》にはいつもゾフィアがすわる。ママにも来てほしかったけど、赤ちゃんのためにやることが山のようにあった。小さな黄色い部屋は毎日ようすが変《か》わっていく。赤ちゃんを迎《むか》える準備《じゅんび》が進んでいくのはうれしいけど、そもそもちゃんと生まれてくるかどうかわからないと思うと胸《むね》が苦しくなる。

白いベビーベッドがあって、天井《てんじょう》から海鳥のモビールがさがっている。整理ダンスの中には小さな服がたくさん。ベッドの上においてある小さなモグラのぬいぐるみが、今にもマットレスに穴《あな》をほっていきそうだ。モグラのぬいぐるみだなんて、ちょっと変《か》わってる気がするけど、マレクはおもしろいと思ったらしい。モグラでなかったら、イカにするつもりだったみたい。

ゾフィアは、ママとマレクが赤ちゃんの話をするのをいやがる。二人はゾフィアに、赤ちゃんが生まれたらどうなるか話そうとする。体に悪いところがあって手術《しゅじゅつ》が必要《ひつよう》だということ、そして、その手術の成功《せいこう》を心から願《ねが》ってほしいということを。でもゾフィアは話を聞こうとしない。つま先で床《ゆか》をけり、顔つきが嵐《あらし》の雲みたいにけわしくなって、目が稲妻《いなずま》みたいに光る。ゾフィアはいつも怒《おこ》ってる。まるで肌《はだ》のすぐ下で火が燃《も》えていて、今にも火花をちらしそうないきおいだ。

車はゆれながら崖《がけ》ぞいのまがりくねった道を走っていくので、ぼくはまた少し気持ち悪くなった。前はよく車に酔《よ》ってもどしていたので、お父さんが腹《はら》をたて、シートがだいなしだ、こういうにおいやよごれはなかなか落ちないと言ってた。お父さんが初《はじ》めてそのことでどなった時、ママは、ぼくのせいじゃなくて、お父さんがスピードを出して急ブレーキをかけるのが悪いと言いかえした。そのあとなにが起きたのか、ぼくは思いだせない。まるで脳《のう》がその時の記《き》憶《おく》を切りとって小さく折《お》りたたみ、どこか手のとどかないところにしまいこんでしまったみたいだ。でも、ママがもう二度と、それはお父さんのせいだと言わなかったことだけはたしかだ。そのかわり、ママは先のことを考えはじめた。

深呼吸《しんこきゅう》しながら水平線の一点を見ようとするのに、車が細い道をくねくね下っていくので、視《し》線《せん》はどうしても動いてしまう。マレクがバックミラーを見上げ、一瞬《いっしゅん》、ぼくと目があった。そしたら、次のカーブをまがる時には少しゆっくり、なめらかにまがってくれたので、胃《い》がひっくりかえらずにすんだ。

着いたのは、小《こ》型《がた》の船を作ったり修理《しゅうり》したりする造船所《ぞうせんじょ》で、ぼくは目が釘《くぎ》づけになった。港とは大ちがいだ。あそこには、ナイフのように水を切って進むスマートな船が、その日かぎりでやってくる。でも、ここにあるものはみんな、ずっと前からここにある。タールとニスと接《せっ》着剤《ちゃくざい》と海のにおいがした。はたらいてる人たちの顔はいつも潮風《しおかぜ》にさらされてきた顔で、目じりには深いしわがきざまれていた。赤らんだ手はごつごつしていて、ぼくの手とちがうものでできてるみたいだ。みんな、海から吹《ふ》く風に負けないように大きな太い声でしゃべるから、そのたびにぼくの脈《みゃく》が速くなり、心臓《しんぞう》がびくっとする。そういう人たちが、まだ一度も波にふれたことのない船の横腹《よこばら》に、べたつくニスをたたきつけるようにぬり、ただの材木《ざいもく》から思いもよらないものを作っていくようすを見はじめたら、目がはなせなくなった。

ゾフィア

造船所《ぞうせんじょ》は最高《さいこう》だ。からまったロープや、いやなにおいのするロブスター漁《りょう》のかごや、材木《ざいもく》や網《あみ》がごちゃごちゃおいてある中に、明るい色のブイが宝石《ほうせき》みたいにちらばっている。造船所のむこうはいきなり海だけど、手前に漁船《ぎょせん》がたくさんならんでいて、波にゆられて舳先《へさき》をうなずかせていた。船の色はいろいろで、こげ茶やうす茶、白や青の船にまじって、少しだけど赤や緑や黄色の船もあった。舳先になめらかなつづき文字が書いてある船もある。人とおなじように船にも名前があるから。

トムは突《つ》っ立《た》ったまま、古い木の枝《えだ》のような手をした大工さんたちをじっと見ていた。お父さんはさっそく、必要《ひつよう》なものを書いた紙をカモメの翼《つばさ》みたいに風にはためかせながら、大工さんたちに近づいていく。わたしははずむようにあとを追い、トムはゆっくりと歩きだした。トムは一歩ずつ慎重《しんちょう》に足を出して、オイルのよごれや、まいたロープをふまないように歩いてたけど、わたしはカニがいっぱい入ったブリキのバケツをけとばしてしまった。もともと、カニはバケツに入りたいわけじゃないから、五十匹《ぴき》のカニをバケツにもどすのはけっこうたいへんで、でもどうにかやってのけた。まあ、だいたいは。でも、一匹残《のこ》らずとはいかなくて、ひっくりかえしておいてあるこわれた船の下にコソコソ逃《に》げこんだやつも少しいた。とりあえず、今日のところは見のがしてやろう。

トム

ぼくらはいろんなものを買った。大きなベニヤ板を何枚《なんまい》か、缶《かん》入《い》りのニス、それと新品同様のノコギリを一本。マレクはほかにいるかもしれないものを、ソールさんという男の人から借《か》りた。ソールさんは船の作り方にくわしくて、なんだかソールさん自身も船とおなじ材料《ざいりょう》でできてるような人だった。ごつごつしてて、動き方がぎくしゃくしてるし、ニスをぬったみたいに日やけしてる。ソールさんは海を指さし、まめだらけの指で自分が作った船をぜんぶ教えてくれた。どれもみんな波にゆられて日の光を反射《はんしゃ》している。帆《ほ》が風にひるがえっている船もあれば、甲板《かんぱん》に網《あみ》がごちゃごちゃおいてある漁船《ぎょせん》もあるし、海を見わたせる小さな窓《まど》がある船室付《つ》きの船もある。どれもきれいだった。それをソールさんに言いたかったのに、ぼくは声に出す勇気《ゆうき》がなかった。かわりにゾフィアが言うと、ソールさんは得意《とくい》そうな笑顔《えがお》を見せ、近ごろはまともな船を作れるやつがいない、と言って、ぼくとゾフィアに、一ポンドコインとキャンディをくれた。コインはマレクに言われて救命《きゅうめい》ボートを買うための募金箱《ぼきんばこ》に入れ、キャンディは食べたけど、魚とポケットの中のにおいがしてまずかった。

ゾフィアとぼくは、買ったり借《か》りたりしたものを車まではこぶのを手伝《てつだ》わなきゃならなかった。板が手にこすれてできたまめが痛《いた》くて、どうして大工さんたちの指があんなふうになったのかよくわかった。そしてそれをぜんぶ、車の屋根に青いロープでくくりつけるのにすごく時間がかかり、終わるころには手がひりひりしてた。

帰り道、マレクはくねくねとまがる道をゆっくり走った。ゾフィアが、レースドライバーみたいに飛《と》ばしてほしいと言っても、マレクは首を横にふり、屋根に板がしばりつけてあるから飛ばせないと答えて、スピードをあげなかった。ぼくはまた二つに引《ひ》き裂《さ》かれた気がした。自分のせいでもめてるのはわかるけど、車の中でげろをはくのもいやだ。ゾフィアは不満《ふまん》そうにぶつぶつ言ってたのに、家の前に車が止まるころには、船を作れることに興奮《こうふん》してた。ゾフィアはときどき、あっというまに気分を変《か》える。

ゾフィア

もってかえった材料《ざいりょう》や道具を、三人で馬小屋にはこびいれた。わたしはまだ、キャンディについてたソールさんのポケットの中の味を、つばといっしょにはきだすのにいそがしかった。糸くずとニスとほこりと魚の味が絶妙《ぜつみょう》にまじった味だ。だから、大きな板をはこぶのにまにあわなかったけど、つばをはいてからクランプや接着剤《せっちゃくざい》や金槌《かなづち》をもち、あとはお父さんとトムがはこんだ。トムにはびっくりした。あんなに小さいのに意外と腕《うで》の力があるらしく、なんでももちあげられる。顔がひきつって汗《あせ》をかいてるのに休まず、終わってから手を見て、まめがつぶれて血が出てるのに気づいてた。あんなことになったら、わたしならとりあえずチョコがほしくなって、絵文字つきのかわいい絆創膏《ばんそうこう》をはりたいとか言ってさわぐところなのに、トムはズボンに手をなすりつけただけで馬小屋へ歩いていった。

オレオとオレンジジュースでおやつにすると、トムはオレオをサンドイッチみたいにそのまま食べた。ふつう、はがして中のクリームをなめるよね？ わたしはそうするし、ドモもそうする。そうしたほうがずっとおいしいし、とくにオレンジジュースにひたして食べると、チョコオレンジ味になってもっとおいしいよ、って教えてやろうかと思ったけど、食べてるあいだ、トムはわたしのほうを見もしなかった。どうして教えてやろうなんて思ったんだろう。

それから、また三人でボート作りにもどった。お父さんは、今からなにをするのか、ソールさんからもらった図面を見せながら、たいくつな説明《せつめい》をことこまかにしはじめた。わたしはうわの空になり、船に乗って一年と一日、航海《こうかい》に出ることを想像《そうぞう》した。お父さんがよく読んでくれた詩では、子猫《こねこ》がフクロウといっしょに、ハチミツをもって船に乗ることになってるけど、わたしなら、犬と猫をつれて、一年分のオレオをもっていく。だって航海に出るのにハチミツひとビンだなんて、すごく変《へん》だと思うから。お金はいらないだろうけど、貯金箱《ちょきんばこ》には三十二ポンド六十八ペンス入っていて、詩に出てくる五ポンドよりずっと多い。わたしはその貯金箱ももっていく。そして船底《ふなぞこ》でまるくなって、夜空にちらばる星の下で波にゆられてねむるんだ。

トム

ゾフィアはどう見ても、マレクの話をぜんぜん聞いてなかった。でも、ぼくは聞いてた。ひとことも聞きもらさず、あとでとりだしてたしかめられるように、ぜんぶ頭の中のファイルにとじた。そしてマレクが、ソールさんからもらった図面の上の点や線をさす指先を目で追った。マレクの声は歌ってるみたいでやさしい。ぼくは思わず引きこまれ、まわりのものはみんなかすんでいった。

垂直《すいちょく》に切りおとしたような形の船尾《せんび》を、もう一度作りなおさなきゃならない。「船尾板《バット・エンド》」と呼《よ》ばれるところで、それを聞いてゾフィアはかん高い声で笑《わら》った（「バット」には「お尻」という意味がある）。それから左右の舷側《げんそく》を作り、それを補強《ほきょう》する梁《はり》をわたす。次に船首を作り、ひっくりかえして船底《ふなぞこ》の板をはる。組みたてる時は、継《つ》ぎ目《め》をぜんぶ、水をはじく超強力接着剤《ちょうきょうりょくせっちゃくざい》ではりあわせる。かんたんそうに聞こえるし、マレクも、とても単純《たんじゅん》なつくりのボートだからと何度も言った。長くは使えないけどいい船になる、と。そしてぼくもそんな気がしていた。

ゾフィア

すごくいいボートになりそうだ。一日中ノコギリを引き、そのおかげで応急処置《おうきゅうしょち》の基本《きほん》まで習うことになったけど、作りなおした船尾板《バット・エンド》と舷側《げんそく》をどうにかひとつにとじた。とじるといっても針《はり》と糸でぬいあわせるわけじゃないから、わたしは胸《むね》をなでおろした。裁縫《さいほう》は苦手だ。

魚のはらわたみたいなにおいのする接着剤《せっちゃくざい》とクランプをたくさん使って、ぜんぶはりあわせていく。接着剤がうまくぬれなくて、あやうく自分の指を板にはりつけるところだったけど、トムが気づいて、はりつく前にはがしてくれた。トムはちょっぴり笑《わら》っただけだった。そして、船尾板《バット・エンド》との合わせ目に接着剤をぬれるよう、舷側《げんそく》をささえてくれたので、それからは、まあまあうまくやれたんじゃないかと思う。

暑くて汗《あせ》でべたべたになり、つかれていたし、体からは魚と材木《ざいもく》と力仕事のにおいがした。わたしは馬小屋から飛《と》びだして海岸へかけおりていった。ぐずぐずしてると、お父さんから、掃除《そうじ》をして、ベタベタになったはけを洗《あら》い、道具をぜんぶあったところにもどしなさいと言われてしまう。そのままにしておけば、次に使う時に楽なのに。わたしはパンツとTシャツだけになって海に飛びこんだ。

練習しなきゃ。どう考えても練習しなきゃいけない。だって泳ぐたびにどんどんへたになってるみたいだから。でも、フィジーめざして泳ごうとはしないで、あおむけに浮《う》かび、波で体を左右にゆられながら、大きく広がる空をじっと見上げてみる。ひっくりかえったり、岩の上に打ちあげられたりしないよう、ときどき足をけりだして、腕《うで》で水をかかなきゃならない。でも、そうしてるあいだも、あの、クラゲにさされたり、肺《はい》が海につぶされたりする感じはしなかった。いつも水にもぐっている時とおなじ、静《しず》かな気持ちだ。

首すじに気配を感じたけど、人なつこいヤドカリだとは思えない。だれかに見られてるみたいで、いやな感じだ。だって一人になるためにここへ来たんだから。くるりと体のむきを変《か》え、暗くなってきた空の下に広がる砂浜《すなはま》を見る。トムが砂浜に立ち、スニーカーのつま先で水をつついていた。パブロがわたしに気づいてうれしそうにほえ、こっちにむかって走りだすと、砂と水が盛大《せいだい》にはねあがり、トムにかかった。思わず笑《わら》ってしまい、トムにもぜったい聞こえただろうけど、でも、すごくおかしかった。そしたらトムもにっこりして、まめだらけの手で服の前にかかった砂《すな》をはらった。

おいでよ、ってさけんだ自分に、わたしはまたおどろいた。どうしてわたしの海にトムを呼《よ》んだりしたんだろう？　それはともかく、トムは首を横にふって、水着じゃないから、って答えたので、わたしはあきれて両腕《りょううで》を上げてみせた。だってわたしはこうして、オウムの絵のついたTシャツにパンツで泳いでるんだし、それに今は二人とも、おなじ家の中の、歩いて三十秒しかはなれてない部屋で寝起《ねお》きしてるっていうのに。でも、わたしは海と空と犬とボートのおかげでいい気分だったから、岸まで水をかいてもどり、トムとならんで砂《すな》の上にすわった。

一瞬《いっしゅん》、トムは海に身投げでもしたほうがましだって顔をしたけど、パブロが飛《と》びはねながら走ってきて、ブルンと大きく体をふり、これでもかってくらいたくさんの海水をわたしたちのおなかにはねかけたので、トムは声をあげて笑《わら》い、ほおをゆるめた。わたしはパブロに海藻《かいそう》を投げつけ、あとはしばらく、トムと二人でだまってすわったまま、波が砂《すな》を少しずつ飲みこんでいくのをながめてた。

トム

風が吹《ふ》きつけ、海が荒《あ》れて、カモメがギャーギャー鳴いてるのに、こうしていると気持ちが静《しず》まる。ゾフィアはぼくのとなりにすわり、パブロに海藻《かいそう》を投げつけ、じっと水平線を見ている。いつものゾフィアなら、思ったことがぜんぶ口からぼろぼろ出てくるのに、今日はそんなこともない。ネイサンの船であったことでぼくを笑《わら》ったりもしない。あれからもう二日たってるし、いつか笑うだろうと思ってたのに、なにも言わない。そのあと背中《せなか》にぶつかってきて、ぼくを石畳《いしだたみ》の道にたおしてしまった時にはぼそぼそあやまったけど、ぼくが船室からまぶしい光の中に出てきた時のことについては、ただのひとことも言わなかった。笑われると思ってたのに。

こうしてだまってる時間がうれしい。二人のあいだでなにかが変《か》わったような気がする。ずっと潮《しお》が満《み》ちたり引いたりしてるみたいだったのに、とりあえず今は、なにもかもが静《しず》かで落ちついている。

ゾフィアがじっと見てるのは、波の下から怪獣《かいじゅう》みたいに頭をのぞかせている黒っぽいギザギザの岩の集まりだ。岩のあちこちで、吹《ふ》きつける風にあおられて色とりどりの旗《はた》がゆれている。

あれはなんのための旗？　ぼくはたずねながら指さした。

ああ、とゾフィアが小声でぽつりと言う。フィジーだよ。あそこまで泳げた人が旗を立てるの。征服《せいふく》したぞ、旗が立ってるところは自分のものだ、少しだけど自分のものだ、って感じ。

ぼくはならんでいる旗《はた》に目をやった。空をバックに泳いでいるように見える。どれがゾフィアの旗なのかきいてみたら、たちまち顔がくもった。目にはまた嵐《あらし》が吹《ふ》きあれてたけど、ゾフィアはまばたきして黒い雲を少しだけ追いはらった。そして肩《かた》をすくめて、まだ立てたことないんだ。でもだいじょうぶ、気にしてないから。今年の夏には立てるよ。立てたことのある子はまだあんまりいないし、けっこう遠くにあるから、と言った。そして、いろいろ話してくれて、そのうち、これはゾフィアにとって世界でいちばんだいじなことなんだとわかってきた。

ソフィア

トムにフィジーの話をしなきゃよかった。わたしだけの問題だし、トムに話す必要《ひつよう》なんてなかったのに、ぜんぶ知られてしまった。でもなぜか、空があざのような紫色《むらさきいろ》に変《か》わり、海が夜の色にそまってくると、あんまり気にならなくなった。二人で砂浜《すなはま》にすわってボートの話をしてた。接着剤《せっちゃくざい》がかわくのにどれくらいかかるかとか、板に下書きして、ノコギリで切って、とか、そういう話をしてると、わたしの毎日をぬすんだこわがりの変《へん》な男の子と話してるっていうより、この子もわたしの毎日の一部だって気がしてくる。

トム

ツルを五羽《わ》折《お》っただけでねむれた。床《ゆか》からはいあがってくる闇《やみ》を追いはらうための明かりは、ひとつつけてあっただけ。気持ちよく夢《ゆめ》に引きこまれていくのに必要《ひつよう》な時間は、窓《まど》の外に見える海の波のように、ふえたりへったり、はなれたり近づいたりする。折り紙で小さな船も作った。その影《かげ》がゆがんだかべにぼんやりうつって、まるで灰色《はいいろ》の空をバックに海を進んでいくスペインの大型帆船《おおがたはんせん》みたいだった。ぼくはプリズムを通してできたやわらかい虹色《にじいろ》の光をながめながら、明日のこと、ケートー組のみんなのこと、そして、みんなに見られたことを心配してた。

朝、ママがぼくをしっかりだきしめ、いい子ねと言ってくれた。あったかい胸《むね》に顔をうずめると、二人のあいだで赤ちゃんが足をけりだすのがわかる。すごいことだし、こわいことだ。ちゃんと生まれてくるかどうかわからない、ぼくらの未来《みらい》のクエスチョンマークみたいなものが、こんなふうにおなかをけってくるなんて。赤ちゃんは一人ぼっちで暗闇《くらやみ》の中にいるのに、それでも、こうしてうったえてくる。

ママは、キャメロンのとおなじ、サルの顔がついたスリッパを買ってきてくれた。ときどき、ママはぼくの心が読めるんじゃないかと思うことがある。でもぼくは、ママにはぜったいわからないように、いろんなことを心の奥《おく》にしまいこんでいて、それはそのままにしておきたい。

スリッパをかばんにしっかりしまうと、テーブルにむかってすわり、トーストにピーナツバターをぬって食べる。ゾフィアは自分のトーストにマーマイトをたっぷりぬってるから、きっとヌテラ〔ヘーゼルナッツやココアから作られたチョコレート風味のスプレッド〕とまちがえてるんだろうと思ったけど、ゾフィアはそのトーストを五秒フラットでたいらげ、もう一枚《まい》、やっぱりマーマイトをぬって食べはじめた。ゾフィアが、**夜、ボート作るでしょ**、と言ったので、ぼくはうなずいた。ボート作りだけがゆううつな一日を照《て》らす明るい光だ。接着剤《せっちゃくざい》は夜にはかわいているだろう。ぼくは頭の中で次にできることをリストアップしはじめ、ケートー組のみんなのことは考えないようにした。

ゾフィア

トムは、ゆっくり、ゆっくり、ものすごくゆっくり歩いた。トムを海につきおとさなかったわたしは、勲章《くんしょう》か、最低《さいてい》でも証明書《しょうめいしょ》くらいはもらってもいい。だって、走ったり、飛《と》びあがったり、ダッシュしたり、スキップしたり、側転《そくてん》したりできるのにわざとゆっくり歩くのは、世界でいちばんいらつくことのひとつだから。何度かにらみつけて、一度うなってから、**カタツムリじゃないんだから、ちゃんと歩いてよ**、とどなったら、トムはおくびょうなポニーみたいに早足で歩きはじめた。

ケートー組のみんなは、校庭でまた石けりをしてた。モーは自分にも石けりの世界最速記録《さいそくきろく》の可能性《かのうせい》があると信《しん》じてる。みんながまわりをかこんで応援《おうえん》してたのに、トムがカメみたいにのろのろ歩くから、だいじなところを見のがしちゃったらしい。わたしが走りだすと、トムはあとずさりした。見ると、横にたらした両手の指がふるえている。ぐずぐずしてないで、早くおいでよ、とどなったら、キャメロンがふりむいて、そうだよ、ぐずぐずしてないで、早く来いよ、今のモーの記録《きろく》は、二分三十五秒だ、と言った。どうやら、まだ世界記録《きろく》の三倍かかってるらしい。

トム

だれもぼくのことを笑《わら》ってない。だれもぼくをさけて歩いたり、ぽつんと一人ぼっちにしたりしない。指をさしたり、ひそひそ悪口言ったりする子もいない。キモいとか、いくじなしとか、ビビってんのか、とか、もっとひどい言葉を投げつけてくる子もいない。みんなの態度《たいど》は前となんにも変《か》わらない。でもぼくは、かぶってた皮をだれかにぜんぶはがされて、あの日ネイサンの船の上で、ほんとうのぼくを見られてしまった気がする。そう、みんなはもう知っている。それまで、ぼくはただのトムでいられたし、だれもほんとうのぼくを知らなかったのに、今は知っている。そして、もうそれは変えられない。これからはずっと、むかしお父さんに言われてたみたいな、こわがりでいくじなしの男の子、ってことになる。

なにもかも変《か》わってしまった。ぼくはそっと近づいてキャメロンの横に立ったけど、心臓《しんぞう》がバクバクして靴《くつ》までふるえそうだった。

ソフィア

しばらくのあいだ、家に帰ってやることはボート作りばかりだった。ボート、ボート、ボート……。ボートのあれ、ボートのこれ、ってことになって、息を止める練習も泳ぐ練習もする時間がない。寸法《すんぽう》をはかるのはほんとうにたいくつで、でも、すごくだいじなことらしく、そして、トムが長さをはかるのが大好《だいす》きなのはまちがいなかった。トムは巻尺《まきじゃく》と親友同士《どうし》と言ってもいい。まくらの下に入れて寝《ね》てるんじゃないだろうか。名前だってつけてるかもしれない。マイクとか、ゲアリーとか。もしかして、ジャックかも。巻尺ジャックだ。

だんだんボートらしくなってきた。船底《ふなぞこ》の板をはりつけるためにひっくりかえしたところだけど、最初《さいしょ》にお父さんが作りかけてたやつより断然《だんぜん》いい船になりそう。じつは、お父さんはそんなに手を出してなくて、もしかしたら、それがよかったのかもしれない。手伝《てつだ》ってくれると言ってたのに、じっさいには、家の中や職場でいろいろやらなきゃならないことがあっていそがしい。家の中のことというのは、ほとんど、あのめんどくさい赤《あか》ん坊《ぼう》に関係《かんけい》することばかりで、胸《むね》がしめつけられるから、くわしいことはきかない。

トムが馬小屋に残《のこ》って寸法《すんぽう》をはかってたから、わたしは先に出てきた。フィオーナがリビングで小さなベビー服をたたんでいたので、急に自分が今、フィジーまで泳ごうとしていて、クラゲが肌《はだ》にまとわりつき、肺《はい》の中が海になったような気がしてきた。でも、そんなバカなことがあるはずない。だって、わたしは水なんてない家の中に立ってるんだから。

フィオーナは、わたしがじっと見てるのに気づいたけど、手伝《てつだ》ってくれるの、みたいなどうしようもないことは言わず、二人分のミルクシェイクを作ってきて、ソファにすわり、いっしょにジブリ映画《えいが》を見ないかと言った。どれも見たことがない、って言うから、そんな人いるのと思いながら、わたしのいちばん好《す》きな『ハウルの動く城《しろ》』のＤＶＤをセットした。ソファにならんで、でも、あんまり近づきすぎないようにすわり、だまって見た。見終えるとフィオーナは、それまで見た映画の中で五本の指に入ると言った。

トム

赤ちゃんが生まれてくるまでまだ二か月もあるのに、もう部屋の準備《じゅんび》はほとんどできている。ママと二人で、ぼくの部屋とおなじように光る星を天井《てんじょう》にはりつけた。おなじ星がついてると思うだけでうれしい。ママはその部屋を見ては、なにかが足りないとしきりに言う。ぼくは思わず、**うん、赤ちゃんがいないよね**、と言ってしまい、心臓《しんぞう》が止まりかけた。このままずっといなかったらどうしよう。でもママは笑《わら》い声《ごえ》をたて、指でモビールを回したので、ぶらさがっている鳥たちがぐるぐる回りだした。ママはおなかに手をやり、つかれてるように見えたので、ぼくは小さな白いベビー服を整理ダンスの引き出しにしまうのを手伝《てつだ》ってあげた。月や星の刺《し》繡《しゅう》がしてあったり、小さな海の生きものの柄《がら》が入っていたりする。一着だけ、雲と稲妻《いなずま》と雨と虹《にじ》のもようがついてるのがあった。ぼくはその服がすごく気にいった。信《しん》じられないくらい小さく見えるので、ぼくはアダムズさんからもらった黄色い帽子《ぼうし》を思いだし、走っていって自分の部屋からとってきた。それをさしだしたら、ママは、**わあ、かべの色にぴったりね**、と声をあげ、それから、**なんて小さいんでしょう**、と言った。ぼくはうなずき、ちょっぴり胸《むね》が熱《あつ》くなった。

ゾフィア

ドモと二人で凧《たこ》をあげた。風があんまり吹《ふ》いてなかったから、わたしが糸をもって全速力で走り、ドモが凧を空中に投げあげると、そのたびに、鳥の形をした凧は三、四秒空中でおどってから、ドモかわたし、どっちかの頭の上に落ちてきた。それから、ウェットスーツをとってきてバシャバシャ海に入り、フィジーめざして水をけりはじめたけど、笑《わら》ったり水をはねたりして、フィジーまで泳ぐ気はあんまりなかった。頭からもぐったり、体をひねったりしてると、氷みたいに冷《つめ》たい水の中でも手足は凍《こご》えない。つかれきって砂浜《すなはま》に上がるころには、くちびるがまっ青《さお》でガタガタふるえてるのに、体の芯《しん》はあったかかった。

わたしは昼からずっと、赤ちゃんのことも、トムやフィオーナのことも考えてなかった。

トム

午後はほとんど、ママと二人でマリオカートをやってた。ゾフィアのゲームで、ゾフィアは海岸に行ってるから、借《か》りるってことわってなくて、ちょっと心配だったけど、マレクはかまわないと言った。ぼくはしっぽのはえたマリオ、ママはキノコのキャラクターを選《えら》び、まがりくねった奇妙《きみょう》なコースを走りながらこうらを投げあった。最初《さいしょ》はあんまりうまくできなかったけど、そのうち、折《お》り紙《がみ》を折る時みたいに指が動きをおぼえ、タイヤをすべらせながらコーナーを回り、そのままスピードを落とさずにフィニッシュラインをこえられるようになった。ママは何回やってもビリなのに、くやしがらなかった。

そのうち、ドスン、バタン、と、ゾフィアが帰ってくるといつも聞こえてくる音がした。シャワーをあびてリビングに入ってきたゾフィアは、勝手にゲームをしたと言ってどなるんじゃないかと思ってたのに、画面を見て、**フィオーナ、ぜんぶ負けるなんて、それはそれで記録《きろく》なんじゃない**、と言ったので、ママは笑《わら》った。ゾフィアは別《べつ》のコントローラーをもってきてママのとなりにすわり、どうやったらブーストがかかって、秘密《ひみつ》の近道が使えるかやってみせ、ママがどのボタンを押《お》せばいいのかわすれてしまったり、うまくジャンプできずに道の外へ落ちてしまったりするときげんを悪くした。そして、もう一度やってみせて、ママがどうにか一位《い》でフィニッシュすると、ゾフィアは手をたたいてよろこんだ。そのあと、三人でやることになり、ゾフィアとぼくが先頭争《あらそ》いして、ゾフィアが一位、ぼくが二位でフィニッシュした。最後《さいご》のレースでは、フィニッシュ直前、ママがぼくら二人の前に出て勝ち、歓声《かんせい》をあげておどるまねをしたので、ぼくとゾフィアは大笑いした。

ママとマレクが晩《ばん》ごはんを作りはじめ、ゾフィアとぼくは馬小屋へ行ってボートに使う材木《ざいもく》をノコギリで切った。こうしてると、なにもかも、ほんものの家族みたいだ。

今だけかもしれないけど。

ゾフィア

二時間つづきの算数の授業中《じゅぎょうちゅう》、事務《じむ》の先生が教室をのぞき、わたしとトムに、いっしょに来なさいと言った時、わたしはまず頭の中で、それからじっさいに、小おどりした。二時間つづきの算数に出なくてすむなんて最高《さいこう》だ。きっとお父さんが、化石採集《さいしゅう》の遠足の申込書《もうしこみしょ》を書きわすれたか、給食費《きゅうしょくひ》のふりこみをしそこなったんだろう。たとえ、シラミ検査《けんさ》のためでもかまわない。わたしは廊下《ろうか》をスキップしながら、石けりの足の動かし方を練習した。最近《さいきん》モーが、女の子が相手ならだれにも負けないと言って、調子にのってるからだ。トムはまた、カメみたいにのろのろ歩いてる。トムのことをよく知らなかったなら、算数の授業《じゅぎょう》にもどりたくないからぐずぐずしてるんだと思っただろう。でも、トムは算数が大好《だいす》きだ。ふりむくと、トムの顔は紙のように白くて、例《れい》の両手をひらひら動かすしぐさをしてる。不安《ふあん》で不安でたまらないって顔だ。きっと、出しわすれたプリントがあるだけだよ、と、わたしが小声で言っても、ほっとした顔にはならなかった。もしかしたらプリントの提出《ていしゅつ》おくれは、トムにとって一大事なのかもしれない。

トム

また、いつものやつだ。心臓《しんぞう》の音が聞こえるくらい静《しず》かになり、ドカンと爆発《ばくはつ》する。その気配が冷《つめ》たい風のように、ぼくのまわりでうずをまいている。

前にもこんなふうに歩いたことがあった。お父さんがママにけがさせた時や、二人で逃《に》げるために、ママがこっそりぼくを迎《むか》えにきた時もそうだった。お父さんが逮捕《たいほ》された時もそう。

そして、お父さんは刑務所《けいむしょ》に入ったから、しばらく外へ出てこられないと説明《せつめい》された時もそうだった。こんなふうに歩いたのはそれ以来《いらい》で、あれは前の学校にいる時だったけど、またおなじことのくりかえしだ。決まって授業《じゅぎょう》中に呼《よ》びだされ、みんなにじろじろ見られ、ひそひそ声が聞こえてくる。廊下《ろうか》が静《しず》まりかえってるのは、みんな教室にいて、ふつうの子どもらしく、ふつうのことをしてるからだ。校長室に入れるのは特別《とくべつ》なことかもしれないけど、ものすごくこわい。そして、肌《はだ》にちくちくする布張《ぬのば》りの椅子《いす》にすわると、静《しず》かなやさしい声で鉄のように重い言葉がふってくる。

ゾフィアは知らないけど、ぼくは知っている。なにかおそろしいことが起きたっていうのに、ゾフィアはスキップで前を行き、ぼくを呼《よ》ぶ。ぼくはこれ以上《いじょう》速く歩きたくない。聞いたらなにもかも変《か》わってしまう話にむかって歩きたくない。

ゾフィア

校長のラガリ先生はデスクのむこうにすわっていた。今までここに呼《よ》ばれた時はいつも、自分がしかられるとはっきりわかってた。でも、レオが食べたライスプディングが、じつはカエルの卵《たまご》だったなんてうそを信《しん》じるのはレオが悪いし、なにも、食堂《しょくどう》のテーブルにげろをはきちらかすことはないだろうと今でも思ってる。それに、ドモとわたしは、別《べつ》に美術室《びじゅつしつ》のかべをぬりかえようとしたわけじゃなくて、ジャクソン・ポロック〔絵の具を飛びちらしたり、たらしたりして描く抽象画で有名なアメリカの画家〕っていう画家のことを習った時、こんな絵ならかんたんに描《か》けると思っただけだ。でも、ラガリ先生はそうは思わなかったらしい。そして先生は今、わたしたちを見て、**そこにすわりなさい。二人に話さなきゃならないことがあります。**と言った。そしてわたしは、急に、クラゲが肌《はだ》にはりついてるような気がしてきた。

トム

そのまま病院へ行くことにはならなかった。ドモのお母さんがぼくらを迎《むか》えにきてくれて、家というか、となりの家に帰った。ドモの家の中はぼくらの家よりごちゃごちゃしてた。かべはななめで、どのかべにも絵がかかっていて、植木鉢《うえきばち》の植物は元気よく葉をしげらせ、棚《たな》からはつる植物がたれさがっている。家族の緊急事態《きんきゅうじたい》だから学校にはいられないけど、おなじ理由で家には帰れない。だから、こうしてここにすわり、ゾフィアは人生がかかってるみたいにオレオを食べ、ぼくはあまい紅茶《こうちゃ》から上がる湯気をじっと見ていた。ドモのお母さんから、こういう時は紅茶よと言われても、なにものどを通る気がしない。

まるで引《ひ》き潮《しお》が、世界をまるごとどこかへはこんでいってしまったみたいだ。はるか遠くに小さく見えるだけで、ぼくらはとりのこされてる。ぼくと、ゾフィアと、ドモのお母さんとパブロだけが、宇宙《うちゅう》のはてにいる。

ぼくらはじっと連絡《れんらく》を待っていた。こんなにこわい時間はなかったし、でも、なぜかたいくつだった。体の奥《おく》のほうでヘビのようにとぐろをまいているパニックも、そう何時間もかみついたり身をくねらせたりはしていられない。それでも、ぼくの息は浅《あさ》く短くなり、指先がふるえて、気がつくと新聞紙を折《お》って真四角にしていた。きちんと折った紙のはしを指でなでる。どうして気がつかなかったんだろう。もうずっと前から、この時のためにツルを折ってなきゃいけなかったんだ。こうなるかもしれないって話を聞いた瞬間《しゅんかん》から……。でも、ぼくはわがままで、ばかだった。赤ちゃんがこんなに早く、こんなに小さいうちに生まれてしまうのはぼくのせいだ。一羽《わ》、また一羽、ツルを折る。だいじょうぶ。まだまにあう。

ゾフィア

あんまりたくさんオレオを食べたので、はいちゃうかもしれない。でも、気持ち悪いのはオレオのせいかどうかよくわからない。不安《ふあん》でみぞおちのあたりが重くて、オレオをいくらつめこんでも、そのいやな感じが消えてくれない。もしそんなことになったら……、いったいどうして……、今なにが起きてるんだろう……、って、ずっと考えてたらめまいがしてきた。疑問《ぎもん》がどんどんかさなって大きな山になり、頭が痛《いた》くて破裂《はれつ》しそうだ。フィジーまで泳ごうとしてる時みたいに胸《むね》が苦しくなり、でも、その千倍も苦しくて、一秒、一秒、時計の針《はり》が進むごとにその苦しさが大きくなってあばれ、今にも皮膚《ひふ》をつきやぶり、わたしを怪物《かいぶつ》に変《か》えてしまうんじゃないかと思った。わたしは今まで、何度も何度も、赤《あか》ん坊《ぼう》なんていなくなれと願《ねが》ってきた。そして、その願いが今、ほんとうになってしまうかもしれない。

トムは新聞紙で鳥を折《お》っている。トムの指がすばやく魔法《まほう》のように動いて、翼《つばさ》やくちばしや長い首ができていく。あれは魔法だ。トムはコーヒーテーブルの上に鳥をおいたので、わたしは手をのばしてそれをとり、明かりにかざしてみた。折り目がまっすぐで翼やくちばしはとがってるのに、すごくやさしい形で、やわらかな羽毛《うもう》でおおわれてる気さえしてくる。トムはまた紙を手にとり、日本では、折り紙のツルを千羽《ば》折ると神様が願《ねが》いをかなえてくれる、って言われてるんだ、と言った。そしてきびきびと迷《まよ》いなく手を動かして、次のツルを折りはじめた。

折《お》り方《かた》を教えて、とわたしは言った。

トム

ゾフィアはツルを折《お》るのがあんまりうまくない。何週間か前なら、ぼくはそのことを心の中でよろこんだだろう。でも今日はなんとも思わない。そして、きちんとまっすぐに折る方法《ほうほう》や、正しい折《お》り順《じゅん》を何度も教えてやった。ゾフィアはぶつぶつ文句《もんく》を言い、ちらっとあのあぶない目つきを見せたけど、ぼくは気づかないふりをした。ぼくがせっせと折りつづけていると、ゾフィアは、雪玉みたいにまるめた紙くずの山にうもれながら、とうとう、ぶかっこうなツルを完成《かんせい》させた。獣医《じゅうい》さんに見てもらったほうがよさそうなツルだったけど、ゾフィアはまがった頭を親指でなで、ぼくが正方形に切っておいた紙の山から次の一枚《まい》をとった。すぐとなりにあるぼくらの家に行って折り紙用の紙をとってきたかったけど、だれもいない家に入って、がらんとした家の中を見たくなかった。だから、新聞紙で作った少しゆがんだ四角形の紙で少しゅがんだツルを折《お》り、すごくむずかしい願《ねが》いをかなえようとしていた。

ゾフィア

折《お》り紙《がみ》でツルを作るのはすごくむずかしい。わたしは、とんだり、はねたり、泳いだり、走ったりできるし、側転《そくてん》を六回連続《れんぞく》でできるし、バク宙《ちゅう》ももう少しでできそうだけど、折り紙はとんでもなくむずかしい。指は思ったとおりに動いてくれなくて、そのたびに紙をくしゃくしゃにまるめた。トムがやるときれいにまっすぐ折れるのに、わたしがやるとまっすぐ折れず、折り目がよれよれになる。トムはおなじところをしんぼうづよく、くりかえしやってみせてくれるから、パブロにおすわりを教えた時のことを思いだす。あの時、わたしは何度も怒《おこ》って部屋を出ていったっけ。でも、トムはそんなことはせず、すばやく器用《きよう》に動く指で何回でもくりかえし折ってくれたので、わたしは歯を食いしばって折り方をまねた。そして百万時間もたったころ、ようやく手の中の紙が、首のまがったぶかっこうな鳥の形になりはじめ、やった、と思った。

お父さんが電話してきたのは、ドモのお母さんが晩《ばん》ごはんを作りはじめようとしたころだった。ドモの家の石かべに、プルルル、ってベルの音がひびく前から、お父さんだってわかった。すぐに立ちあがって受話器《じゅわき》をつかみ、お父さん、お父さん、どうなった、って言ったら、自分の声が知らない人の声みたいで、言葉がみんなうわずっていた。

話を聞きながら、もっていた折《お》りヅルをいつのまにかにぎりつぶしていて、手の中でツルがくしゃくしゃになっているのに気づき、うわっと思った。わたしは受話器《じゅわき》をトムにわたし、ソファにすわった。

フィオーナはだいじょうぶ。赤ちゃんが生まれた。まる二か月早く。すごく小さい。息はしてるけど、とても弱ってる。

女の子だ。

女の子。

女の子。

妹ができた。

わたしは紙をもう一枚《まい》手にとり、折《お》り目《め》をつけた。

トム

その日はドモの家に泊《と》めてもらった。学校から帰ってきたドモはすごくおとなしくて、ゾフィアととっくみあいを始めないし、いつも雨の日に家の中でしてる、足の骨《ほね》でも折《お》りそうな遊びをやろうと言いだすこともなかった。三人でソファにすわってるのに、おたがいになにを話したらいいかわからない。ドモが、コーヒーテーブルの上にちらばっている折りヅルを見て、一羽《わ》手にとり、指先で器用《きよう》に動かしてみせたら、動きが速くてほんとに飛《と》んでるみたいだった。ぼくは真四角に切った紙を一枚《まい》とってさしだした。そして、ゾフィアと二人でツルの折り方を教えてやった。ドモはゾフィアよりのみこみが早かったので、ゾフィアがまたきげんをそこねるんじゃないかと心配したけど、気づいてもいないみたいだった。日がしずんでいつのまにか暗くなってきた部屋の中で、ぼくらはだまってすわったまま、ツルを折った。

　その日、ぼくは明かりをぜんぶつけっぱなしでソファに横になり、ゾフィアはドモの部屋で寝《ね》た。三時ごろ、パタパタと足音が聞こえ、ぼくはあわてて体を起こした。心臓《しんぞう》がバクバクいってるし、口の中はカラカラだ。パブロは、すぐ横の床《ゆか》の上でしっぽをふっている。番犬にはむいてない犬だ。でもパブロのカールした毛なみに指を入れると、あたたかくてほっとした。

ゾフィアのくしゃくしゃになった頭がドアのかげからのぞき、速くなっていた脈《みゃく》は一気におさまって、つま先まで力がぬけていった。**寝《ね》れないんだけど、ココアでも飲む？**　ゾフィアにきかれて、ぼくはだまったままうなずいた。そしたら、のぞいていたゾフィアの頭が見えなくなり、五分後に全身が現《あら》われた時には、水玉もようのマグカップを二つもっていた。カップの横にはココアがたれていて、わたしてくれた時にも少しこぼれたけど、ぼくは気にならなかったし、ひと口飲んだら、とてもおいしかった。ゾフィアはぼくとならんでソファにすわり、猫《ねこ》みたいにまるくなった。じっとだまってるし、ぴくりとも動かない。涙《なみだ》がつーっとほおを伝《つた》うのが見えたと思ったら、ゾフィアがものすごいいきおいでぬぐったので、なにも言えなかった。ぼくはこの時初《はじ》めて、いつものゾフィアのかたい殻《から》が、こわれやすいぼんやりしたものに変《か》わっていくのに気づき、この時初めて、ゾフィアはいつも強いわけじゃないのかもしれないと思った。ゾフィアはこわがってる。そして、ぼくにはその気持ちがわかる。

　ゾフィアは顔をごしごしすると、むこうをむき、**どうして明かりをぜんぶつけてるの？**と言った。

　ふいに、なにもかも心の中にしまっておくのがいやになった。今まで、おそれや不安《ふあん》や秘密《ひみつ》は、ぜんぶたたんでしまってきた。それを外に出してしまいたい、目の前にいる、こわがりでじっと動かないゾフィアにうちあけたい、そう思った。

そしてうちあけた。お父さんがぼくらに暴力《ぼうりょく》をふるい、そのせいで今は刑務所《けいむしょ》にいるけど、ぼくは今も不安だということ。そして、お父さんはよく、ぼくが悪いことをしたと思うと、まっ暗な部屋にとじこめ、しかもそれが毎日のようにあったこと。ぼくはママを守れなくて、いつまた前のような暮《く》らしにもどるかもしれないと思うと、毎日こわくてたまらないこと。暗いところではねむれないのに、どうしても闇《やみ》をしめだしておけないこと。闇は部屋に、そしてぼくの頭の中に忍《しの》びこんで、どんなにたくさん明かりをつけていても決して消えず、床《ゆか》のすきまからにじんで入りこんでくることを。

折《お》り紙《がみ》のツルを折《お》りはじめたのは願《ねが》いをかなえたかったからだ、ぼくはそうゾフィアに話した。そして、赤ちゃんのためにツルを折ることだってできたのに、そうじゃなかったってことを。じゃあ、なにを願《ねが》ってたのか、それは話さなかった。

ゾフィア

トムがこれまであったことをぜんぶ話してくれた時、わたしは、あの船のまっ暗な船室にトムをとじこめてしまった瞬間《しゅんかん》に引きもどされて、すごく落ちこんだ。そんなつもりはなかったし、なんにも知らなかった。でも、わたしがしたことに変《か》わりはない。トムには言わなかったけど、このことが岩のように肩《かた》にのしかかって、体が地面にしずんでいく気がした。知ってればあんなことはしなかった。でも、トムはどうして話してくれたんだろう？

ネイサンの船でトムのことを笑《わら》ってるわたしを、キャメロンがどんな目で見ていたか思いだした。そして、トムの顔に心の底《そこ》からの恐怖《きょうふ》が稲妻《いなずま》みたいに走ったことを。それから、トムの部屋のあちこちに明かりがたくさんおいてあったり、ぶらさがったりしていて、それがちらちら光ってたことも。トムがどうしてあんなに暗いところをこわがるのかやっとわかった。なぜ、いつも懐中電灯《かいちゅうでんとう》をもちあるいたり、指がふるえたり、ツルを千羽《ば》折《お》ったりするのかも。いろんなことがジグソーパズルみたいにはまりだして、わたしがどういうピースだったのかわかっていやになった。

自分の殻《から》が少し割《わ》れた気がする。前は全身かたい殻でおおわれていたのが、今はあちこち割《わ》れて、表面に細いひびが走りはじめてる。わたしは自分の手を見おろし、トムが、思ってたことをこんなにたくさん話してくれたんだから、お返しになにか教えてあげなきゃいけない気がした。だから指をいじりながら、**わたしにも思いどおりにならないことがあるの。フィジーまで泳げなくて、そのたびに自分がだめになっていく気がする**、と小さな声で言った。それから、胸《むね》の奥《おく》の暗いすみにかくれてずっとわたしを悩《なや》ませている、すごく重くて大きなことをうちあけた。わたし、赤ちゃんがいなくなればいいと思ってた。そのことを波に願《ねが》ったら通じちゃったみたいで……。赤ちゃんのぐあいが悪いのはわたしのせいなんだ。わたしが願いをかけたから。でも、わたしはただ……。どう思ってるのか話そうとしても、言葉がうまく出てこない。

トムは首を横にふって、ちがうよ、ゾフィアのせいじゃない。ゾフィアのせいじゃないんだ。本気でそう思ってるわけじゃないのに口に出ちゃうことは、だれにだってある、と言った。そして少し顔を赤くして、ぼくは、ゾフィアがいなくなればいいと思ってた、とつぶやいた。わたしは、トムの願《ねが》いと、わたしの願いと、そして、悲しくてむかつく今のこのぐちゃぐちゃを思うと、もう少しで笑《わら》うところだった。わたしは、だいじょうぶ、わたしたち、乗りこえられるから、と言いかえし、ほんとうにそう思った。そして、朝の光が窓《まど》から部屋の中に指をのばしてくるまで二人でソファにすわってた。ほとんど口をきかず、わたしは途中《とちゅう》で一度寝《ね》てしまい、パブロによりかかって耳の中をなめられた。でも、トムもわたしもソファにすわったまま、待った。

トム

なんだか変《へん》な感じだ。どうしてゾフィアにあんなことをしゃべっちゃったのか、自分でもよくわからない。それまでは話す気なんてぜんぜんなかった。ゾフィアは笑《わら》って指をさし、クラスのみんなに、ぼくがどんなに変《か》わり者《もの》か、どんなにキモいか、言いふらすんじゃないかと思ってたからだ。話したとたんに、ゾフィアはいつもの元気いっぱいでそうぞうしい、エネルギーにあふれたゾフィアにもどり、おびえたぼくの心の中でなにかがぴくりと動くんじゃないかって。でも、半月の夜で静《しず》かだったせいか、ふしぎなことにゾフィアは笑わなかった。うまく説明《せつめい》できないけど、ゾフィアの顔つきが変わり、一瞬《いっしゅん》、別人《べつじん》みたいになった。そして口をひらくと、ささやくような声で、胸《むね》の奥《おく》でからまりあっていた暗い思いをうちあけ、朝までぼくといっしょにソファにすわってた。そういえばママが、ゾフィアもこわいのよ、と言ってたっけ。今はぼくにもその意味がわかる。

朝、ゾフィアはぼくの手をぱっとつかみ、一度だけ強くにぎった。

ゾフィア

ドモのお母さんは、わたしたちを病院へつれていく前に、うちへ行ってフリーダにえさをやり、すぐにもどってきてわたしたちに朝ごはんを食べさせた。ドモも行きたがったけど、来てほしいのかどうか自分でもよくわからなかったし、それがはっきりする前に、ドモのお母さんが、だめよ、なに言ってるの、学校があるでしょ、と言った。ドモはわたしをハグして、赤ちゃんのぐあいが悪いこと、教えてくれればよかったのに、とささやいたので、自分でもそう思った。そうすれば、いやな気持ちをこんなに長いあいだ自分だけでかかえておかずにすんだだろう。ドモはいつもより強くわたしをだきしめ、トムを軽くハグすると、学校へ行く道を早足で歩いていった。

車の中ではだれも口をきかないし、窓《まど》の外を流れていく景色《けしき》はすごく遠くにあるみたいだった。トムの顔はまたまっ青《さお》になったが、食べたものをもどすことはなかったので、後部座席《ざせき》にならんですわっていたわたしはほっとした。そして、わたしもまだ、いつもの元気が出なくて、はき気がするし、体がだるくて、じつは、もどさずにすんでほっとしてるくらいだった。ドモのお母さんの車はすごくきれいだから。

ドモのお母さんは、わたしたちを目的《もくてき》の場所までつれていってくれたけど、そこまで行くには、エレベーターに二回乗り、二つめのエレベーターでおりる階をまちがえたので階段《かいだん》を一階分のぼり、廊下《ろうか》をいくつも歩かなきゃならなかった。ここはお父さんがつとめてる病院なのに、わたしはほとんど来たことがなくて、これも昨日《きのう》から今日にかけてたくさん起こった、いつもとちがうできごとのひとつになった。ようやく両びらきのドアの前にたどりつき、ドモのお母さんが、だれかにあけてもらおうと呼《よ》びだしボタンを押《お》そうとしたら、中からお父さんが出てきた。気がつくとわたしはお父さんの腕《うで》の中にいて、あっというまにはき気はおさまり、肌《はだ》もひりつかなくなって、いらついてた気持ちも少し落ちついた。

ドモのお母さんはあとに残《のこ》ることになり、廊下《ろうか》にあったプラスチックの椅子《いす》に腰《こし》かけた。ドアをあけて中に入ると、奥《おく》にもまた両びらきのドアがあって、そこには「ようこそ　NICUへ」という、虹色《にじいろ》にぬりわけられた文字が描《えが》かれていて、ドアのガラスには小さな赤ちゃんの足形の切りぬきがはってあった。足形の中には、わたしの小指より小さいものもある。

そして、その子が見えた。大きな透明《とうめい》のプラスチックの箱の中にいる姿《すがた》は、水のない水槽《すいそう》の底《そこ》にぽつんとおかれた魚みたいだ。そして、すごく小さい。顔を近づけてみて、その小ささにわたしは息をのんだ。ヒトデのような手に貝がらのようなつめをしていて、ちぢめた手足がカエル、つながっている管《くだ》がヘビのようだ。顔がしわくちゃなことにおどろいたし、生まれたばかりの赤ちゃんなのに、なにかふしぎな力を感じる。ずっと見ていたくなって、ほおのふくらみや口の形に、わたしやお父さんとにてるところがないかさがしてみた。片方《かたほう》の鼻の穴《あな》に管《くだ》が入っていて、口にも別《べつ》の管がさしこまれている。赤ちゃんは目をあけ、嵐《あらし》の海のような暗い青色の瞳《ひとみ》を見せてまばたきした。わたしの目は釘《くぎ》づけになった。この子は一人の人間として、世の中に出ようとしてる。星が一度にたくさん生まれる時のように、この子の中にあるエネルギーが爆発《ばくはつ》して、世界に二人といない人ができていく。いったいどんな人になるんだろう。

指をのばしながらお父さんを見ると、いいよ、というようにうなずいたので、わたしは赤ちゃんの手のひらにさわってみた。わたしのがさがさの指がビロードみたいな肌《はだ》にふれると、ねむそうな顔がゆがんだ。あわててうしろに下がったら、プラスチックの椅子《いす》がたおれ、ガタンと音がして、みんなの目が集まった。

トム

生まれたばかりの妹がいる暖房《だんぼう》のきいた小さな部屋に入ると、マレクが、お母さんはもうすぐここへもどってくる、と言った。**痛《いた》み止《ど》めの薬をもらいに病室に上がっていっただけだから、すぐおりてくるよ。**ぼくはうなずき、ゾフィアがぴくりともせずにのぞきこんでいる透明《とうめい》なプラスチックの箱に目をやった。ゾフィアがこんなふうになにかに目をこらしてるのを、ぼくは初めて見た。いつものきびきびした動きや、バネじかけみたいに急にはじける怒《いか》りやエネルギーは影《かげ》をひそめ、箱の中の小さな赤ちゃんにじっと見入っている。ゾフィアはなにも言わず、ぴくりとも動かなかったのに、ぼくが近づこうとしたら急にうしろに飛《と》びさがり、椅子《いす》をたおしてしまった。赤ちゃんがかすかに動き、ゾフィアはぼくの横をいきおいよく走りぬけて部屋から出ていった。両びらきのドアがシュー、バタンと音をたてた。

箱をのぞきこんでみる。プラスチックを通りぬけた光が白いかべに虹《にじ》を作っている。赤ちゃんの頭には黒っぽい毛が少しだけ生えていて、指は血管《けっかん》がすけて見え、細いしわができていた。心臓《しんぞう》の動きにあわせて、紙のようにうすい肌《はだ》がぴくぴく動いている。足は小さな指がちゃんとそろっている。手はつぼみのようで、ピンクの花びらをひらいたりとじたりしていた。箱の横にあいているまるい穴《あな》から指を入れ、やわらかいほおをなでてやったら、弱々しい泣《な》き声《ごえ》が止まった。ぼくは妹の顔を見ながら、ハツカネズミみたいなピンク色の耳にむかって、**よく生まれてきてくれたね**、とささやいた。

すると、だれかの腕《うで》がそっとやさしくぼくをつつんだ。ぼくはまだ見とれてたけど、赤ちゃんは動かない。目をつむったままじっとしてるから、胸《むね》の中で心臓《しんぞう》が動いてるのがわかる。**会いたかったわ**、とママに言われ、そっとだきかえしたのは、マレクから、まだママには痛《いた》みが残《のこ》っていると言われてたからだ。でも、ぼくのギザギザとママのギザギザがぬいあわされるまで、はなれなかった。**トムが来てくれたら、この子、おとなしくなったわ**、とママはささやき、ぼくらはそうしてひとつになったまま、赤ちゃんの胸が海のように上下するのを見守っていた。

ゾフィア

そんなわけで、明かりをつけたまま朝までいっしょにすごした暗い夜のことは、わたしたちのあいだからあっというまに消えてしまった。両びらきのドアのすきまから、みんなが見える。トムはフィオーナのそばにいて、そこへお父さんが近づき、三人は、まるで地球上でいちばんすばらしいものを見るように、赤《あか》ん坊《ぼう》をじっと見ている。さっき嵐《あらし》の海の色をした目を見た時の、心がわきたつふしぎな気持ちは蒸発《じょうはつ》し、きつい消毒液《しょうどくえき》のにおいがする部屋の空気にとけてしまった。

赤ちゃんはわたしのことがきらいなんだ。わたしはがさつで声が大きいけど、トムはやさしくて、やわらかくて、おとなしい。赤ちゃんもそう。さっきフィオーナがトムに言ったこと、わたしにも聞こえてた。**トムが来てくれたら、この子、おとなしくなったわ。**わたしは急に、このむかつくしあわせ家族のそばにいるのががまんできなくなり、外側《そとがわ》の両びらきのドアを出て廊下《ろうか》を歩きだした。

ドモのお母さんは、プラスチックの椅子《いす》にすわって、わたしが生まれる前に出た古い雑誌《ざっし》を読んでいた。そして、にっこり笑《わら》って、なにも変《か》わったことはない？　さっきフィオーナが入っていくのを見たけど、ひどくつかれてるみたいだったから、と言ったので、わたしの胸《むね》の中で嵐《あらし》が吹《ふ》きあれた。わたしはうなり、こぶしをにぎりしめて、その嵐を吹きはらおうとしてるのに、ドモのお母さんは話しつづけるから、だまっててほしいと思った。かわいそうに、赤ちゃん、手術《しゅじゅつ》が必要《ひつよう》なんですってね。小さい赤ちゃんよね。予定より早かったこともあるけど、それにしてもずいぶん小さいみたい。どんな赤ちゃんだった？　妹のこと、どう思った？　わたしは自分の口から雷《かみなり》が鳴らないようにあごをおさえ、ひとことも答えなかった。お父さんは、わたしがどこにいるのか出てきてたしかめようともしない。急にものすごくさみしくなった。だってお父さんに、娘《むすめ》がもう一人《ひとり》できたんだから。

トム

ぼくは時間いっぱいまで赤ちゃんのそばにいた。ふしぎでたまらない。ぼくに妹ができた。ほんとうのことに思えなくて、頭の中でくりかえす。ぼくに妹ができた。黒いまつげ、くしゃっとした耳、モモみたいにやわらかいほお。なんてかわいいんだろう。

妹はぐあいが悪い。かなり悪い、とマレクは言った。マレクの声はうわずり、のどにひっかかって最後《さいご》にしゃがれた。できるだけ早く手術《しゅじゅつ》しなきゃいけない。だれかがとがったメスで、ピンク色の花びらみたいな妹の肌《はだ》を切ると思うと泣《な》きたくなる。元気になるからだいじょうぶ、とだれかに言ってもらいたいけど、だれもそうは言えないし、言わないから、ぼくは妹のそばにすわってささやいた。だいじょうぶだよ。ぼくは妹のそばにすわり、ていねいに折《お》りヅルを折りながら、声をかけた。

ゾフィア

わたしたちはその日もドモの家に泊《と》めてもらった。ドモは、赤ちゃんはどんな顔をしてるの、赤ちゃんのきげんはどう、赤ちゃんはいつ退院《たいいん》できるの、と、なんて答えたらいいかわからない質問《しつもん》を次から次にした。トムが、赤ちゃんはすごくかわいい、と言い、たしかにそのとおりなんだけど、わたしはぜったいにそれをトムの前で言うつもりはない。ドモは、自分がまだ三歳《さい》だった時に、いやなにおいのする弟が生まれた時のことをおぼえていて、小さな宇宙人《うちゅうじん》みたいだったので泣《な》いてしまったと言った。そのテッドはもうすぐ八歳《さい》で、鼻が低《ひく》くて、うす茶色の髪《かみ》の毛《け》で、どう見ても宇宙人には見えないけど、たしかにドモにもドモのお母さんにもぜんぜんにてない。ドモはよく弟にむかって、おまえは赤ちゃんの時に海岸で海藻《かいそう》にくるまれてるのを見つかって、だれも引きとろうとしなかったから、しかたなく、スーパーのビニール袋《ぶくろ》に入れてうちにつれてきたんだと言ってる。そして、海岸で見つかったってことは、たぶん、親のどっちかがナマコで、見るとむかつくのはそのせいだ、って。今、目の前にいるテッドは、手のひらをおわんの形にしてわきの下に入れ、いやな音を出してるから、ソファからつきおとしてやった。テッドはわたしにむかって舌《した》をつきだし、また音を鳴らした。わたしはテッドが大好《だいす》きだ。れっきとしたドモの弟だし。

トムは不安《ふあん》そうで、ぴりぴりしていて顔色も悪いけど、今朝、夜明け前にわたしたちのあいだでつながっていた糸は、またプツンと切れてしまった。わたしはなにもトムにきかないし、トムもわたしになにも言わない。トムが手ぎわよくツルを折《お》っていると、ドモもいっしょに折りはじめ、リビングは野鳥の保護区《ほごく》みたいになってきた。わたしは一羽《わ》も折らなかった。もう、わたしには関係《かんけい》ない。

トム

次の日は学校へ行くことになった。行っちゃいけない気がする。今はもうなにもかも前とちがうのに、授業《じゅぎょう》はいつもどおりある。朝ごはんの前にママから電話があったけど、声がさみしそうですごく遠かった。赤ちゃんは、夜、人工呼吸器《じんこうこきゅうき》が必要《ひつよう》だったらしい。暗闇《くらやみ》で一人ぼっちだったと思うと心臓《しんぞう》がぎゅっとしめつけられた。ほんとは一人じゃないし、暗闇じゃなくて保《ほ》育器《いくき》のあたたかい光に照《て》らされてるのは知っている。でも、こわがってるんじゃないだろうか。まだ名前がないから、ちゃんと名前をつけてあげたい。たしかに生まれてきたんだ、ぼくらとつながってるんだってことをはっきりさせたいのに、これっていう名前が浮《う》かばない。どれも長さや文字のならびや音がしっくりこない。

ドモとゾフィアとぼくが校庭に入っていくと、キャメロンとレオがすぐに飛《と》んできて、ケー・トー組のほかの子たちもやってきた。キャメロンが、赤ちゃんが生まれたお祝《いわ》いのカードを作ってくれていて、表に海岸の絵が描《か》いてあった。キャメロンが絵が描けるなんて知らなかったけど、ほんとうにじょうずで、海に反射《はんしゃ》する夕日がよく描けている。ぼくはキャメロンをハグして、カードを作文のワークブックにだいじにはさんだ。午後、これを赤ちゃんに見せて、海や空や風や塩《しお》や、まだ見たことのないたくさんのきれいなものの話をしてやろう。

ゾフィア

今日は時間がたつのがおそい。キャシディ先生の授業《じゅぎょう》はぜんぜん聞いてなかったし、休み時間は鬼《おに》ごっこで校庭をむちゃくちゃ走りまわった。わたしがいちばん足が速くて、いちばん声が大きくて、一度もつかまらなかった。

放課後《ほうかご》、トムは病院へ行き、わたしはドモやケートー組のほかの子たちと海岸へ行った。ドモのお母さんが車で学校までむかえにきて、ゾフィア、**あなたはほんとうに行かなくていいの？**と言うので、わたしは首をふり、海岸まで走っていった。あんまり速く走ったから、うしろに砂《すな》や小石まじりの竜巻《たつまき》ができた。

なんだかしっくりこない。空も海も明るくすきとおり、あたたかい風がからみつくように吹《ふ》いてくる。海岸で遊ぶのにうってつけの午後だ。なのに、なんだかいごこちが悪い。バレーボールはやりたくない。レオととっくみあいをしたくない。宇宙《うちゅう》から見えるくらい大きな字で砂《すな》に名前を書きたいとも思わない。泳ぎたいとさえ思わないけど、いつも水に入るといろんなことがすっきりするから、とりあえず泳いでみる。海に飛《と》びこみ、波で体が浮《う》きあがると、潮《しお》の流れやよせて返す波にさからって泳ぎだす。でも、波が頭の上でくだけるたびに見える顔がある。三人がプラスチックの保育器《ほいくき》をのぞきこんでる場面が浮《う》かぶ。わたしぬきで、四人がキッチンのテーブルをかこんで笑《わら》っているのが見える。三人が未来《みらい》のどこかで悲しそうにすわっているのが見える。でも、そこにもわたしはいない。どっちの未来でも、わたしはのけものだ。

フィジーにむかって泳ぐ気もなくなった。のろのろと海から上がり、しめった砂《すな》に腰《こし》をおろすと、まわりにいるのはなかのいい友だちばかりなのに、わたしは一人ぼっちだった。

トム

赤ちゃんは、今日はずっと小さく見える。口に入れた管《くだ》で、ドングリくらいしかない小さな肺《はい》に空気を送りこまれ、目はつむったままだ。バラ色だったほおは血の気が引いて、花びらに雪がつもったみたいに白い。さわっちゃいけないと言われたので、小さな声で、こわくないからね、と話しかけた。自分はできないのに、勇気《ゆうき》を出すんだよ、と言ってあげた。それ以上《いじょう》はげます言葉が見つからなくなって、学校であったことを話した。ずっと目をとじてるのに、キヤメロンからもらったカードを見せてやる。そしてそのカードを、保育器《ほいくき》のすぐ横にある窓《まど》の前においた。こうしておけば、目があいたら海が見られる。ぼくは保育器のてっぺんにさわり、さよならは言わなかった。そして、またすぐ会いにくるからね、とささやいた。

　ママはつかれてるみたいで、目がうるんではれぼったかった。そして、ぼくのことを、ほんとうによくやってくれているとほめてから、赤ちゃんの名前の候補《こうほ》をいくつかあげたけど、ぼくはどれも気にいらなかった。ぼくはマレクが言ってたバスタップとかザナドゥーなんて名前を思いだして、どうかなと言ったら、ママは声をたてて笑《わら》い、その笑い声は世界でいちばん気持ちのいい音だった。ママは、**バスタップちゃん、なんてね**、と言って涙《なみだ》をぬぐった〔バスタップは風呂の蛇口という意味〕。それはうれし涙で、でも悲しい涙で、そんな涙があるんだろうかと思うかもしれないけど、そうだった。帰る時間になって、ママを力いっぱいハグしてあげたら、ママは、ありがとうと言った。

　病院からはマレクの車に乗って家に帰った。ママとちがって、マレクは赤ちゃんといっしょに病院に泊《と》まれないし、赤ちゃんのぐあいが悪いからといって、こまごました家のことをしないわけにはいかない。ぼくはマレクに、赤ちゃんがだいじょうぶかどうかきかなかった。聞きたくない答えが返ってくるかもしれないからだ。マレクは、手術《しゅじゅつ》は何時間もかかる、でも、まだいつやるか決まっていないと言った。

ぼくは家に帰るとすぐ馬小屋へ行き、ノコギリで切ったり、かんなや紙やすりをかけたり、接着剤《せっちゃくざい》で板をはりつけたりした。ただの大きな木の板だったものが、だんだんボートの形になりはじめ、それはほとんど魔法《まほう》のようだった。ぼくはそのまま何時間も馬小屋にいた。家にもどるのに暗いところを歩かなきゃならなくなるとわかっていても、手を動かしつづけた。おなかがグーグー鳴って、マレクが晩《ばん》ごはんができたぞと声をかけてきてもやめなかった。マレクが作業台の上にお皿をおいて、なにも言わずに出ていってもやめなかった。やめたのは、ラザニアがさめて、ボートがほとんどできあがってからだ。

ゾフィア

お父さんは、トムがボートを作ってるから手伝《てつだ》ったらどうだと言うけれど、わたしにその気はない。トムはわたしからボート作りまでとりあげた。共同研究《きょうどうけんきゅう》のはずだったのに、鳴かない猫《ねこ》みたいにいつのまにか馬小屋に入りこみ、わたしに声をかけようとも思わなかったらしい。

お父さんとわたしはボート作りには行かず、晩《ばん》ごはんを食べはじめた。テーブルにきざんだ、Zがうらがえしになった名前の文字を指でなぞると、最後《さいご》に二人だけでごはんを食べてから、すごくたくさんのことがあった気がした。お父さんは、赤ちゃんのぐあいが悪くなったので、来週の早いうちに手術《しゅじゅつ》することが決まったと教えてくれた。あと二、三日で、赤ちゃんがこれからも生きられるかどうかわかる。そして、急なお産《さん》だったから、フィオーナを病院につれていくのもぎりぎりだったことや、赤ちゃんは生まれてすぐに泣《な》いたこと、その泣き声がフリーダそっくりだったこと、そしてずっと気がはっていて、心配もしてたけど、それでもフィオーナと二人でよろこんだことを教えてくれた。わたしはお皿の上のラザニアをつつきながら、ちゃんと聞いてるしるしにうなずくだけで、なにもききかえさなかった。お父さんがつかれた目でじっとわたしを見てるのに、視線《しせん》をあわさないようにしてた。ほんとうにひさしぶりにお父さんと二人きりになったのに、あいだにぽっかりと大きな穴《あな》が口をあけ、歯をむきだしてるみたいで、わたしはその穴を言葉でも音でもうめられず、どうすればいいかわからなかった。わたしはほんとうにひどいことを願《ねが》い、その願いがかなってしまったのだ。

トム

ぼくはゾフィアと話がしたい。不安《ふあん》でねむれなかった夜明け前の部屋で、二人ですごしたあの時間をとりもどしたい。赤ちゃんに名前をつける日が来ないんじゃないかと心配してることを話したい。手術《しゅじゅつ》がとても大がかりなのに赤ちゃんがすごく小さいことを話したい。赤ちゃんが死んでしまうかも、と思うとこわくてたまらないことを話したい。

学校には話し相手になってくれる友だちがいるし、それは今までなかったことだし、すごくうれしい。でも、ぼくら二人以外《いがい》にわかりあえる人がいない時に、ああやって話せたことにはまた別《べつ》の意味がある。けれどゾフィアは、もうぼくと話をしてくれない。こっちを見ようともしない。学校ではいつものゾフィアらしく大声で嵐《あらし》のようにはしゃぎまわってるけど、ぼくを相手にそうしてるわけじゃない。ぼくが赤ちゃんに会いにいってるあいだ、ゾフィアは砂浜《すなはま》でバレーボールをしてるし、家に帰ってくるとびしょぬれで、砂だらけで、口をきかない。二人のあいだで時間がねじれてくるくると逆回転《ぎゃくかいてん》し、初《はじ》めて会ったころの、胸《むね》の中に怒《いか》りしかなかったゾフィアにもどってしまった。

次の日、学校が終わって赤ちゃんに会いにいったあと、ぼくはボート作りをした。その次の日も。ゾフィアは手伝《てつだ》いに来なかった。ぼくは、もしかしたらゾフィアが馬小屋の戸口に顔をのぞかせ、パブロといっしょにはずむように入ってきて、まちがったノコギリでまちがった板を切りはじめ、ノコギリがはさまって動かなくなったりするといいのに、と思ってた。でも、ゾフィアは来なかった。だからとりあえずぼく一人で二人のボートを作った。

ゾフィア

一週間はあっというまに、でも同時にのろのろとすぎていき、わたしはあれ以来《いらい》、名前のない赤ちゃんに会いに行ってなかったし、フィジーまで泳ぎついてないし、トムとは口をきいてないし、お父さんともちゃんと話してなかった。わたしの中でずっと嵐《あらし》が吹《ふ》きあれていて、その嵐をどうすることもできず、正体もわからないし、なんとなく気にいらなかった。わたしの中の雷《かみなり》はもう、わたしのものじゃない。

お父さんは病院へ行くけど、わたしは行きたくない。お父さんはむりに来いとは言わず、ただ、**猫《ねこ》にえさをやるのをわすれるなよ、今日はドモの家にお世話になるんだから、勝手になにか燃《も》やしたりするんじゃないぞ、わかったな、**と言うだけで、昔のお父さんとおなじだったから、わたしはもう少しでにっこり笑《わら》うところだった。お父さんはわたしを軽くハグしてくれたけど、前とちがってそれだけじゃもう気持ちが落ちつかなかった。

わたしはパブロをつれてぶらぶらと砂浜《すなはま》までおりていき、ドモはさそわなかった。なぜなら、ぜんぜんわたしらしくないけど、少し一人で静《しず》かにしていたかったからだ。砂にみぞをほって中に腰《こし》をおろし、脚《あし》を海にむかってのばす。波はつやのあるブルーでゆったりとゆれている。いつもならまっすぐ水に飛《と》びこみ、流れにさからってこれでもかってくらい手足を動かし、海水を空にむかってはいては潮風《しおかぜ》をのみこみ、懸命《けんめい》にフィジーをめざすところだ。でも今日はやる気がわかない。フィジーにたどりつくなんてむり。お父さんを海岸に引っぱってきて、もやでかすんだ沖《おき》を指さし、わたしのオレンジ色の旗《はた》がお父さんの旗のとなりでそよ風になびいているところを見せて、自慢《じまん》に思ってもらうなんてむり。わたしにはできない。

砂《すな》をけとばすと、砂粒《すなつぶ》がまいあがって目に入った。こすると涙《なみだ》が出てかゆくなり、わたしは波にむかってどなった。どなり声は雲にはねかえされてもどってくる。こぶしをにぎって砂を何度もなぐりつけてるうちに、つめに砂が入り、指のつけ根の皮がむけてきたけど、ちょっぴり気が晴れた。

おかしな音が聞こえてきた。それはちょうど、羽毛《うもう》ぶとんを階段《かいだん》にしいて、その上をお盆《ぼん》に乗ってすべりおりる時の音ににてた。シューッ、ズルズル、ドスン、バタン、みたいな……。ふりむいて、反射《はんしゃ》する光に目を細めると、それはトムだった。

トム

青いロープをボートの舳先《へさき》に結《むす》びつける。どういう結び方をすればいいか調べてみたら、折《お》り紙《がみ》作りとどこかにていた。引っぱってみると、しっかり結べてる。ボートは昨日《きのう》の夜完成《かんせい》した。ニスが板のすきまをうめ、かわいて水もれしなくなるのにまる十二時間かかったけど、今はトチの実のようなこげ茶色に光っている。完璧《かんぺき》なできばえとは言えないし、次にまた作るとしたら、ちがうやり方でやろうと思ってるところがもういくつかあるけれど、ちゃんとボートに見えるし、水に浮《う》かびそうだ。ソールさんからもらったオールを船底《ふなぞこ》に投げいれ、左右にわたしてある塗装《とそう》してない座板《ざいた》の下に押《お》しこむ。

ぼくはロープを引きはじめた。ボートは軽い板でできてるけど、それでも、あちこち石がつきでたまがりくねった砂《すな》だらけの道を、ボートを引いて海までおりていくのはたいへんだった。途中《とちゅう》で引くのをやめ、ボートのむきを直さなきゃならないことが十五回くらいあったけど、崖《がけ》下《した》の半月形《がた》の砂浜《すなはま》まで行くと、あとはまっすぐ砂の上を下っていくだけなので、ぐっと楽になった。

だれかが波うちぎわにすわっている。まだかなり遠いけど、着ているものが、海賊《かいぞく》の帽子《ぼうし》をかぶったオウムの絵が前についてる、ゾフィアのまっ赤《か》なTシャツだとわかった。ここにいるだろうと思ってた。ゾフィアはいつもここにいる。ぼくはうれしかった。だって苦労《くろう》してボートを引っぱり、まがりくねった道をおりてきたのはゾフィアに見せるためだから。ゾフィアは砂《すな》をなぐりつけていて、聞いたことのない音があたりにひびいてた。どなり声とむせび泣《な》きがまじったような音だ。ボートに結《むす》んだロープをもったままよろよろ進んでいくと、ゾフィアがふりかえってぼくを見た。ほおには涙《なみだ》のあとがあって、目が赤くなっている。ボートを引いて近づきながら、泣《な》いてたの、ゾフィア？　と声をかけると、ゾフィアは爆発《ばくはつ》した。

ゾフィア

どうして泣《な》いてたなんて思うの？　もうがまんできない。嵐《あらし》の雲を吹《ふ》きはらう気はない。かまうもんか。胸《むね》の中でうずをまいてた嵐を爆発《ばくはつ》させ、これでもかってくらい思いきりさけぶ。わたしはトムみたいにいくじなしじゃない。暗いところや大きな音ががまんできないだれかさんとはちがうんだからね。ママが近くにいなかったり、ちょっと船室にとじこめられたり、家に一人でいたりするくらいで大さわぎしないから。そう、わたしはトムとちがうから。ぜんぜんちがうんだから。

トムの顔が急に無表情《むひょうじょう》になった。そして、それまでこっちにむかって引っぱっていたボートの青いロープをはなし、ささやくよりもっと小さいふるえ声で言った。船室にとじこめられる、ってどういう意味？

トム

血が凍《こお》りつき、体がしびれる。耳の奥《おく》で水が流れるような音がするけど、海の音じゃない。ぼくの中になにかいる。気づいたのは初《はじ》めてで、おさえがきかない。吹《ふ》きはらおうとしてもだめだ。そいつがねむりにもどるのを数を数えて待ってなんかいられない。波うち、シューッと音をたて、うずをまいている。そいつはハリケーンになろうとしてる。

ゾフィアがぼくをとじこめたんだ。聞いた瞬間《しゅんかん》、稲妻《いなずま》に打たれたみたいにわかった。あれは偶然《ぐうぜん》じゃなかったんだ。風が吹《ふ》いてきてハッチがしまったわけじゃない。だれかがまちがってしめたわけでもない。ゾフィアがやったんだ。ジョージやコナーとおなじだ。ゾフィアは、ぼくがかぶってた皮をぜんぶはがして、必死《ひっし》にかくそうとしてた心の中のおそれを、ケートー組のみんなに見せたんだ。クラスのみんなに、ぼくがどんなにいくじなしかを。

急に、もうこわくなくなった。背骨《せぼね》の芯《しん》でパニックの虫がうごめくことはない。頭の中で恐《きょう》怖《ふ》がはでな花火みたいに光ることもない。なにか別《べつ》のものがある。

それは怒《いか》りだった。

ゾフィア

トムはほえた。その声はわたしより大きく、ライオンより大きく、海や風やカモメたちより大きかった。そのほえ声がまわりにまだひびいてるうちに、トムはわたしにむかってどなった。

トムがどなる言葉が、崖《がけ》から落ちてきた岩のようにわたしにあたってくる。

ゾフィアはいつもこわがってる。すごくこわがってる。あのどうでもいい岩までだって泳げないし、赤ちゃんをこわがってるし、なにかが変《か》わるのをこわがってる。ゾフィアはこわがりだ。だれにも好《す》かれてない。こわがりだ、こわがりだ、こわがりだ。

ぼくは
ゾフィアが

大きらいだ。

最後《さいご》のせりふが爆弾《ばくだん》みたいに飛《と》んできたかと思うと、トムはTシャツをひきちぎるようにぬいで砂《すな》の上にほうりだし、海にむかって走りだした。そして、二人のあいだにわきおこった嵐《あらし》にむかってどなったけど、なんて言ったかは、わたしの耳の中のドクドクという血管《けっかん》の音と、むちのように吹《ふ》きつけてくる風で聞きとれずにいるうちに、トムは海に飛びこんでいた。

トム

水は冷《つめ》たくて肌《はだ》にささる。ここ何か月か、海はぼくの光だったのに今は暗い。下に広がるのはどこまでも黒い水だ。波はいく列にもならぶギザギザの歯のように、引《ひ》き裂《さ》き、引っぱり、かみついてくる。ぼくは足をけりだして海にさからう。水は凍《こお》りつくくらい冷たいのかもしれないけど、ぼくの血は燃《も》えている。海面が上下するたびにフィジーもゆれ、視界《しかい》から消えたかと思うと現《あら》われるので、できるだけ首をのばしてみる。ちょうどゾフィアとぶつかって砂《すな》にたたきつけられ、世界が回転した時のように、体がいろんなむきに回ってる気がする。どっちが空かわからない。でも、フィジーの黒い岩のへりが見え、あそこまで泳ごうと思った。お父さんに言われてむりやり海に入ったのはもうずいぶん前だけど、ゾフィアに見せてやるんだ。ゾフィアだっておじけづくことがあるだろうし、ぼくにだって勇気《ゆうき》があることを。そして、ゾフィアにはできなくて、でもほかのなによりやりとげたいと思ってることを、ぼくがやりとげられるってことを。

怒《いか》りがぼくを泳がせる。筋肉《きんにく》がつって悲鳴をあげるたびに、船室の明かりがついてぼくの姿《すがた》が見えた時の、ケートー組の男の子たちの顔を思いだしていた。あれはゾフィアのせいだ。そして、フィジーが近づいてきた。

ゾフィア

わたしは凍《こお》りついて砂《すな》の上で動けなくなった。トムは、オレンジ色の海水パンツをはいたサメのようにぐんぐん沖《おき》に出ていき、一瞬《いっしゅん》、ほかのものはわたしの目に入らなくなった。波とたたかって海にのまれかけている、オレンジ色と男の子のにじんだ姿《すがた》しか見えない。

バラバラと石のようにふってくる言葉が耳の中でくりかえしひびきはじめる。

トムは、わたしがこわがってる、って言った。

肌《はだ》にクラゲがまとわりつくような感じと、怒《いか》りと、肺《はい》に海水が入ったような苦しさと、胸《むね》の痛《いた》みがぜんぶまじってひとつになりはじめる。わたしはそれを見ている。

それは嵐《あらし》のように荒《あ》れくるう怒《いか》りじゃなくて、

わたしが感じるのは

感じているのは

だめだ、わたしには見つけられない。それがなにかわからない。でも、それはわたしの胸《むね》の上にいすわり、光りながら大きくなっていく。

その感情《かんじょう》を、そして、それを表わす言葉をつかんで正体をつきとめようとしていたら、いつのまにかトムの姿《すがた》が見えなくなっていた。海面に小さく見えていたオレンジ色が消えている。波をかきわける時にちらちら見えていた青白いひじが見えない。フィジーにむかって矢のように進んでいく黒い頭が見えない。

なんにも見えない。

トム

足が動かない。
肺《はい》が動かない。
腕《うで》が動かない。
空に星がまたたきだした。
海が暗くなっていく。
ぼくは潮風《しおかぜ》のように軽い。
ぼくは風に吹《ふ》きさらされた岩のように重い。
ぼくは
ぼくは
ぼくは

ソフィア

トムが見えた。オレンジ色の点が青い海にかすんでいく。

わたしの中に稲妻《いなずま》が走ったけど、いつものとちがう。かっとなるやつじゃない。稲妻は火花をちらしてふきだし、わたしを光の速さで動かした。炎《ほのお》が肌《はだ》をつきやぶり、力がわいてくる。トムが残《のこ》していった砂《すな》の上でかたむいているボートにかけよる。胸《むね》の中の嵐《あらし》がくれた爆発力《ばくはつりょく》をぜんぶ使ってボートを押《お》す。水がおへその深さになるまで横を走りながら押し、さっとボートに乗ってオールをつかむ。水を打ち、波をたて、おとといの夏に砂浜《すなはま》でネイサンがみんなに教えてくれたリズムを思いだす。引いて返す。引いて返す。引いて返す。ボートはぐいっと動き、上下に、左右にゆれる。わたしはこぎつづけ、指のつけねが白く浮《う》きあがるくらいオールを強くにぎってるのに、いつまでたっても近づけない気がする。でも見つけなきゃ。ぜったいに見つけなきゃ。

よし、見つけた。

頭はまだ水の上に出てるけど、腕《うで》と脚《あし》はまるで電池が切れかけたみたいに水中でぴくぴく動いてるだけだ。大声で名前を呼《よ》び、もう一度、声をふりしぼってさけぶと、トムは頭を上げ、助けて、と言った。動きひとつ、言葉ひとつがこんなにうれしかったことはない。

トム

ボートをつかもうとしても、指先がなめらかな船の横腹《よこばら》をひっかくだけだ。船べりをつかむには波の上に体を出さなきゃならないのに、そんな力はない。ゾフィアがボートから身を乗りだして手をのばしたので、ぼくはその手をつかもうとした。二度つかみそこない、波にゆられて体が前にうしろに動く。ゾフィアはどうにかして力を入れようとしたが、ぼくの指をつかんだだけで引きあげられなかった。ぼくも自力では上がれない。水をける力ももうなかった。ゾフィアは手をはなさない。ぼくの手をにぎったまま、だいじょうぶだよ、と言ったのを聞いて、ぼくは何日か前に、自分がにたような言葉を妹にかけたことを思いだした。そしてあの時のことはもう、ぼくではないだれかの身に起きたことのような気がした。

そして、ゾフィアが手をはなした。

ソフィア

わたしにはトムを引きあげられない。小鳥のようにきゃしゃなのに、海の重さまでついてくるみたいで重すぎる。いつまでもこんなふうにトムの手をにぎっていられない。動けないまま、ボートは沖《おき》にむかって岸からだんだんはなれていく。

トムの手をはなして急いで舳先《へさき》へ行くと、ボートがひっくりかえらないように体を低《ひく》くして腹《はら》ばいになった。両手を水につっこんで指をのばすと、お目あてのものが見つかったので、つかんで海面まで引きあげる。

トムが砂浜《すなはま》までボートを引いてくるために結《むす》んだ青いロープが、水中にたれさがっていた。引っぱってもほどけない。もう一度前かがみになり、指で結《むす》び目《め》をさぐる。トムのすばやく正《せい》確《かく》に動く指が、かんたんにはほどけないよう、ロープをまきつけて結んでいるようすが目に浮《う》かんだ。結び方がへたならよかったのに、しっかり結んである。青いロープのからまりをたぐりよせ、引っぱったり、ねじったり、むしったりしてると、よけいにかたくなった。頭の中にうなり声が聞こえ、わたしは手を止めた。これじゃあだめだ。考えなきゃ。ていねいにやろう。

指先でロープをたどる。だいじな時間が一秒、また一秒とすぎていく。ふりかえってたしかめると、トムはまだ顔を水の上に出し、足をゆっくりけって立ち泳ぎをしているけれど、つかれて目がうつろになっていた。急がなきゃ、でもていねいに、心の中ではわめいていても落ちつかなきゃいけない。

ひとつ大きく息をすう。すると結《むす》び目《め》からもう一方のはしが顔をのぞかせているのに気づき、それをつかんで引くとロープがほどけた。

トム

ゾフィアがぼくの胸《むね》のまわりに青いロープを結《むす》んでいる。海水でふやけた肌《はだ》にロープがこすれて痛《いた》いけど、ぼくは声を出さない。そして残《のこ》った力をふりしぼり、ゾフィアが結び目を作るのを手伝《てつだ》うと、青いロープをしっかりにぎった。ゾフィアが引っぱる。もう一度。そしてもう一度。ボートの横腹《よこばら》に体がガツンとあたり、かべにぶつかって気絶《きぜつ》する小鳥みたいに、うっ、と息をつめると、ゾフィアはぼくの手をつかんでボートのへりにのせた。**ゆっくり、ゆっくり、気をつけて、**とゾフィアがささやく。**ボートをひっくりかえさないようにね。**ゾフィアの手を借《か》りてまず片脚《かたあし》を船べりにのせ、それからもう一方の脚を引きあげると、ぼくはベチャッと音をたててボートの中にころがりこんだ。

座板《ざいた》にすわったゾフィアはぼくを見おろし、いつものゾフィアらしく、にっと笑《わら》うと、岸にむかってこぎはじめた。

ゾフィア

あんまり自慢《じまん》したくないけど、わたしがトムの命を助けたことになる。まちがいなく賞状《しょうじょう》ものだし、ほんものの金メダルかなにかもらえるかもしれない。金メダルチョコでもいい。あれなら食べられるし。

わたしはボートをしっかりと砂浜《すなはま》に引きあげた。こんなことしてたら、使いすぎで両腕《りょううで》を切断《だん》しなきゃならなくなるかもってくらい腕が痛《いた》い。パブロが飛《と》んできたけど、犬だし、それもあんまりかしこくないから、なにがあったかなんてちっともわかってなくて、ワンワンほえて、わたしの手に残《のこ》っている塩《しお》をなめた。

トムはボートの中にすわっている。**お医者さん呼《よ》んでこようか**、と声をかけると、首を横にふって、**つかれてるだけだから**、と答えた。**おぼれてないし、水ものんでない。だいじょうぶ。**

でも、ゾフィアがボートで助けにきてくれなかったら、もしゾフィアが来てくれなかったら……。トムは最後《さいご》まで言えなかった。もう少しでおそろしいことが起きていたかもしれないと思うと、言葉が出てこなかったんだろう。

ボートの中に入ってトムの横にすわり、いいボートだよね、とってもボートらしいし、と言ってみる。トムはつかれきった顔でにっこり笑《わら》い、うん、ゾフィアのおかげで完成《かんせい》したんだ、と言った。わたしは、この子どうかしちゃったんじゃないの、と思いながらトムを見た。もしかしたら海水が耳から脳《のう》に入って、頭の中にあったことがぜんぶ塩《しお》で洗《あら》われてるところなのかもしれない。

ぜんぶトム一人で作ったじゃない。一人で馬小屋にこもって、わたしのことはほっぽらかしてさ。ちょっぴり責《せ》めるような言い方になった。トムは、まるで塩水《しおみず》でふやけちゃったのはわたしの頭じゃないのか、って目でこっちをみると、ゾフィアは来たければ来ると思ってたから、来ないってことは、てっきり……、ぼくとはもういっしょに船作りはしたくないんだと思ってた、と言った。

そんなばかな話ってない。わたしは肩《かた》をすくめ、片腕《かたうで》をボートのへりから外に出してパブロの耳のうしろをかいてやった。

それはね――、とわたしは口をひらいた。そして、また話がこじれないように、使う言葉をあらかじめ頭の中でちゃんとならべてからしゃべろうと思った。そしたらトムが、ごめん、ほんとにそう思ってたわけじゃないから、って言いかけたので、わたしは首をぶんぶんふって海のにおいをまきちらした。だって、トムの言うとおりだったんだから。

トム

ゾフィアは胸《むね》にしまってたことを、まるで海があふれるように一気に話しだした。どうして不安《ふあん》なのか、そして、今までお父さんは自分だけのものだったし、家の中によそから来た人が二人もいるのがすごくいやだったことや、ぼくとママがゾフィアのお父さんをぬすもうとしていて、お父さんがゾフィアよりぼくとママをだいじにしてるから、お父さんがどんどん遠くへ行ってしまうような気がしてることや、赤ちゃんが死んだらどうなるか、死なななかったらどうなるか、って考えると、世界が急にすばらしく思えたり、最低《さいてい》に思えたりすることや、お父さんが自分より赤ちゃんのほうが好《す》きなんじゃないかとか、フィジーまで泳げなくてお父さんの期待を裏切《うらぎ》ってるとか、前はもっと勇気《ゆうき》があったことや、ここのところずっと怒《おこ》ってることや、そして、嵐《あらし》の雲につつまれて、だんだん息が苦しくなってることなんかを。

あの日、朝の光の中でゾフィアがしてくれたように、今度はぼくがゾフィアの手をにぎり、ゾフィアは今、ぼくの命を助けてくれたじゃないか、って言ったら、ゾフィアは肩《かた》をすくめたけど、目をちょっぴりかがやかせた。ぼくはうつむいてゾフィアの手を見ながら、ぼくにもゾフィアくらい勇気《ゆうき》があればなあ、いつもびくびくしてばっかりだから、と言うと、ゾフィアはぼくの目をまっすぐに見て言った。

トムはわたしが知ってる人の中で、いちばん勇気《ゆうき》があるよ。

ゾフィア

ほんとにそう思う。今までのわたしは、初《はじ》めてもぐるいりくんだ海の底《そこ》に頭をつっこんでたみたいだ。おかげで水と光と波があわさって、なにもかもさかさでうしろ前に見えていたんだろう。トムはわたしに、お父さんのことや、どんな目にあってきたかや、刑務所《けいむしょ》のことをぜんぶ話してくれたのに、それでもちゃんとわかってなかった。でも、今ははっきりわかる。

トムはわたしが知ってる人の中で、いちばん勇気《ゆうき》がある。

トム

家に帰ると、マレクはまだ病院からもどってなくて、ぼくはほっとした。ゾフィアとは、二人で考えたぼくらだけのかっこいい握手《あくしゅ》を交《か》わして、今日、砂浜《すなはま》や海であったことはだれにも言わない約束《やくそく》をした。ボートは二人で馬小屋まで引きずっていき、ドアに鍵《かぎ》をかけた。

熱《あつ》いお風呂《ふろ》に入り、あたたかくてかわいた服に着がえると、つかれきっていたけどとても気持ちがよくて、ほんの二、三時間前に、もう少しで海の底《そこ》にしずみそうだったことが信《しん》じられなかった。そして、ほんの二、三時間前には、ゾフィアとぼくには通じあうところなんてひとつもないと思ってたことも。

ゾフィアがまだぬれたまま、海のにおいをさせながらぼくの部屋に入ってきた。手にビニール袋《ぶくろ》と金づちをもっていたので、はじめはちょっとこわかったし、どうしたんだろうと思った。でも、ゾフィアはにやっと笑《わら》っただけで、床《ゆか》にひざをついた。そして、床板を何枚《なんまい》かはがしたんだけど、それはもう何百回もやったことがあるみたいに手ぎわがよかった。たぶん、ほんとにそうなんだろう。だって、床下からチョコレートの缶《かん》をとりだしてぼくにひとつすすめたんだから。でもそのあとで、もってきたビニール袋をあけて、電球がついてるもつれた長いコードをとりだした。クリスマス用で電池つきだよ。ゾフィアはそう言うと、それを床下に押《お》しこんだ。そして、床板をもとにもどしてリモコンをくれたので、ぼくはボタンを押してみた。たちまち暗闇《くらやみ》がかくれる場所がなくなった。チラチラとおどる光が床板のすきまからこぼれてくる。ぼうっとしたあたたかい光がきれいた。ゾフィアはちゃんと聞いてたんだ。話しかけようとしたら、ゾフィアはもういなくて、お風呂場《ふろば》に姿《すがた》を消していた。

ゾフィアがバスタブにお湯をためながら、へたくそな歌を大声で歌ってるあいだ、ぼくはあの段《だん》ボール箱をもちだした。そしてリビングのソファにパブロとフリーダとならんですわると、箱をあけて中身を数えた。

その夜、ぼくは暗い部屋の中で、ゾフィアがくれた電球の光だけでねむった。

ゾフィア

トムとわたしは、ドモのお母さんの車に乗って、いっしょに赤ちゃんを見にいった。わたしはこわがりだ。今はわかる。クラゲにさされたみたいに肌《はだ》がひりついたり、肺《はい》に水が入ってる気がしたり、おなかの中でなにかが泡だったりするのは、こわいからで、そんなふうに感じるのはパニックを起こしてるからなんだって、自分でちゃんとわかってなきゃいけない。でないと、そういういやな感じがいつまでも消えてくれない。

お父さんは赤ちゃんにつきそってたけど、わたしは頭にこなかったし、それどころか安心した。お父さんは、わたしの妹のそばにいてくれてるんだから。わたしは近づいて横に立ち、お父さんの体に両腕《りょううで》を回すと、それまでだきしめたことのあるどんなものより力をこめてだきしめた。アナコンダだ、って冗談《じょうだん》を言いたかったけど、今はそういうタイミングじゃないと思ってやめておいた。そして、ごめんなさい、わたし、赤ちゃんのことであんなふうに……、と言って口をつぐみ、そのあとは言葉が出てこなかった。そしたらお父さんもおなじくらい強くわたしをだきかえし、海のように深い声で、おまえはお父さんにとって最高《さいこう》にやんちゃな長女だ。今までどおり、いいや、今までよりもっとおまえを愛してるよ、と言ったので、わたしはお父さんの肩《かた》に顔をうずめた。

赤ちゃんはまだ、透明《とうめい》なプラスチックの箱の中にいる。鼻と口に管《くだ》を入れられていて、目はつむっている。それでも、ものすごくかわいい。お父さんとフィオーナがコーヒーを買いにいくと、トムとわたしは妹のベビーベッドの左右にわかれてすわった。そして小声で、わたしたちの海での冒険《ぼうけん》の話をしてやった。この子にも二人の秘密《ひみつ》を教えてやろうと思ったからだ。妹が息をするたびに小さな肺《はい》が苦しくなると思うと、ちょうどわたしが水中の奇妙《きみょう》な別世界《べっせかい》で息を止めてる時のようだと思った。妹こそ、勇気《ゆうき》をもってがんばってほしい。**練習すれば強くなるからね。ほんとだよ。**わたしはささやいた。管《くだ》をチェックしにきた看護師《かんごし》さんが、にっこり笑《わら》って、**この子、きみたち二人といると、すごくおとなしいな。その調子で話しかけてやってくれ、**と言うので、言われたとおりにした。

ほんとに元気になってほしいよね、とささやくと、トムは妹が寝《ね》てるプラスチックの箱ごしにわたしを見て、**うん、ほんとに、**とささやきかえした。

あと三日で妹は大手術《だいしゅじゅつ》を受ける。そして、わたしたちにできるのは願《ねが》うことだけ。希望《きぼう》を胸《むね》に願うことだけだ。

トム

必要《ひつよう》なものをそろえ、みんなを集めるのは、そんなにたいへんじゃなかった。遭難《そうなん》しかけた次の日、クリスマスプレゼントでたくさんもらった折《お》り紙用《がみよう》の紙が何枚残《なんまいのこ》ってるか調べた。キャメロンには電話で、ドモには直接《ちょくせつ》話したら、あとは二人が連絡《れんらく》してくれて、話はクモの巣《す》みたいに広がり、ケートー組のみんなに伝《つた》わった。二時間もかからずに集まることになって、ぼくはあわててクッキーとジュースが人数分あることをたしかめた。それから大声でゾフィアを呼《よ》び、先に立ってドモの家に行った。

ケートー組が全員、ドモの家のリビングにぎゅうづめになった。まずぼくがみんなにお手本を見せ、それから、ドモの近くにハリーマ、モリー、モーがすわり、ぼくの近くにキャメロン、ジェイコブ、ジュードが、ゾフィアの近くにレオとアルマがすわった。ぼくら三人は、どこをどう折《お》れば翼《つばさ》を広げた鳥の形になるのか説明《せつめい》した。箱には今、四百七羽《わ》のツルが入っていて、ぼくはもう、自分のためにそのツルをとっておく必要《ひつよう》はなくなった。

つまり、願《ねが》いをかけるにはあと五百九十三羽《わ》折《お》らなきゃならないってことだ。時間はどんどん少なくなっていく。

ゾフィア

どう考えても、今日の午後だけじゃ五百九十三羽《わ》は折《お》れない。むりに決まってる。はじめは、ケートー組のみんなは折り方さえ知らない子がほとんどだったし、いつまでたっても四角い紙をくしゃくしゃにまるめて、文句《もんく》を言ったり、頭にきたり、いらついたりしてた。わたしは、たいくつでめんどうでしかたなかったけど、みんなにていねいに根気強く折《お》り方《かた》を教えてあげてたから、ちょっぴり自分がトムになった気がした。

夕方には八十二羽《わ》できたけど、たぶんほとんどはトムが折《お》ったやつだと思う。レオが一羽折ったけど、そのツルは、猫《ねこ》が一度食べてもどしたんじゃないかと思うようなできばえで、近くにフリーダがいたら、あいつが犯人《はんにん》だと疑《うたが》っただろう。

それでもわたしは、みんなが晩《ばん》ごはんを食べに家に帰ろうとした時、四角い紙をがさっとつかんで、**折《お》って、ねえ折ってよ**、と声をかけていた。だって、これはすごくだいじなことで、わたしたちにはこれしかできないと思ったからだ。あと二日しかない。

トム

赤ちゃんの手術《しゅじゅつ》は明日だ。折《お》りヅルがたりない。ぼくは徹夜《てつや》で折った。自分のことはもう心配してなかったし、暗闇《くらやみ》とたたかってもいなかった。一羽《わ》折るごとに、ぼくの中に光があふれてくる。希《き》望《ぼう》があふれてくる。でも朝になると指が痛《いた》くて、皮がむけてて、なのにまだ数が足りなかった。

ところが、ゾフィアとぼくが登校したら、知らない子たちがぼくの前に次々にやってきて折《お》りヅルをくれた。ぼくの手のひらにぽんとツルを落とし、うまくいきますように、ってひとこと言って自分の教室に消えていくので、その場に残《のこ》されたぼくはちょっとおどろいていた。レオとモリーが通学カバンにツルをたくさん入れてきてくれたし、ハリーマとアルマもおなじだった。キャメロンとお父さんは夜おそくまでかかって折ったというツルでいっぱいの、中でカサカサ音をたてている段《だん》ボール箱をくれた。モーのお母さんは黄色いツルを十五羽《わ》折ってくれてたし、ジェイコブとジュードは、ネイサンと三人で折ったツルを買《か》い物袋《ものぶくろ》に入れてもってきてくれた。ドモは六羽くれて、今七羽めを折ってるところだと言った。そしてぼくが、どうしてこんなふうにみんなが折ってきてくれてるのかきいたら、肩《かた》をすくめ、耳のはしを赤くして、きっと魔法《まほう》だよ、魔法、と答えた。

キャシディ先生は、あわいピンク色の紙で折《お》った完璧《かんぺき》なツルを十羽《わ》くれた。ラガリ先生がくれた五羽には、先生が描《か》いたきれいな細かいうずまきや水玉が入っている。いつもむっつりしている校務員《こうむいん》さんは、自分と奥《おく》さん、そして今は中学校に通っている孫娘《まごむすめ》たちからだと言って、ツルを入れた袋《ふくろ》をくれた。保健室の先生は、青い紙でほんとうに空が飛《と》べそうなツルを五羽折ってくれていた。美術《びじゅつ》の先生は折り方を知っていたので二十羽、それもぜんぶちがう色の紙で折ったのをくれた。

折《お》りヅルは十羽、二十羽《わ》とどんどんふえていく。下校時刻《じこく》には生徒《せいと》の親が校庭に列を作っていて、それはわずかな折りヅルをぼくにわたすためにわざわざ来てくれた人たちで、ゆがんだツルもあれば、きれいに折れてるツルもあったけど、どれもみんな、ちゃんとツルの形になっていた。ぼくはそれを家にもってかえるために、学校からキャンバス地の袋《ふくろ》をいくつか借《か》りて、その中につぶれないように入れなきゃならなかった。家まで歩いて帰るとちゅう、大声で呼《よ》ぶ人がいたので、ゾフィアもぼくもびっくりして飛《と》びあがると、それは造船所《ぞうせんじょ》から来たソールさんだった。ソールさんは、いた、いた、と、やっと聞きわけられるくらいのしゃがれ声で言うと、ぼくに木箱をひとつさしだした。ふたをあけてみると、中にはあふれるほどの折りヅルが入っていた。ツルはみんな、きちんとはしが合っていて、折り目もまっすぐで、ほんとうにきれいに折ってあったので、ぼくがおどろいて思わず声をあげると、ソールさんは、たいしたことじゃない、こういうのは昔から得意《とくい》なんだ、みたいなことをぼそぼそと言って、あっというまにドスドス足をふみならして帰っていった。あんなに大きくて荒《あ》れた手で、こんなに小さくてきゃしゃなものが作れるとは想像《そうぞう》できないけど、じっさいにこうして作ってくれたわけで、ぼくはもう少しで泣《な》きそうになった。

二人で家の前の道を歩いていると、ドモのお母さんがテッドといっしょに飛《と》びだしてきて、はずかしそうな赤い顔をしながら、せいいっぱいがんばったんだけど、むずかしかったね、テッド、と言って、やっぱり折《お》りヅルを何羽《なんわ》かさしだした。

家に帰って二人でツルを数えた。すごく時間がかかって、ゾフィアはとちゅうでおなかがへっちゃったけど、オレオを食べてオレンジジュースを飲んだあと、ようやく数えおわった。

九百九十八羽《わ》。

それからゾフィアとぼくで、一羽ずつ、最後《さいご》のツルを折《お》った。二人ならんで。

ゾフィア

赤ちゃんの大手術《だいしゅじゅつ》の日は、よく晴れて雲ひとつないさわやかな朝だった。

砂浜《すなはま》にいるのはケートー組だけだ。いつもと同じように、そしてきっとこれからもそうであるように。パブロは潮《しお》だまりをのぞいては、お気に入りの長い海藻《かいそう》をさがしている。ドモがびっくりするくらい強くわたしをだきしめてきたので、もう少しでたおれそうになったけど、どうにかしがみついて全力でだきかえした。

わたしたちは水ぎわに立って波の音に耳をかたむけた。潮風《しおかぜ》がわたっていく空のにおいをかぎ、うずまく雲をながめる。めいめい、折《お》りヅルがいっぱいに入った箱をもっている。トムがわたしにむかってうなずき、わたしがうなずきかえすと、みんなそろって前に進み、折りヅルを波の上にまいた。うねる海の上で、千羽《ば》の紙のツルが泳ぎ、羽《は》ばたき、回り、浮《う》かび、しずみ、ぷかぷかとただよった。ツルはやわらかな青い水のあちこちで翼《つばさ》を広げ、海面に色あざやかな宝石《ほうせき》をばらまいたようだった。

折《お》りヅルが海と空が出会うところにむかって流れていくのを、みんなで見守る。潮《しお》の満《み》ち引《ひ》きで、海はなにかをはこんできてくれることもあるし、どこか遠くへもっていってしまうこともある。トムとわたしがうしろにさがると、みんなもさがった。わたしが左右に手をのばすと、みんな横一列にならんで鎖《くさり》のように手をつないだ。そして目をつむって願《ねが》いをかけた。わたしたちみんなからの、わたしたちの一人のための願いを。わたしが波にかけてた願いを洗《あら》いながし、新しくてすばらしいなにかを始めるための願いを。

みんなで。

かけた。

トム

ぼくは今日をそんなに楽しみにしてたわけじゃない。この夏の終わりの週末《しゅうまつ》をさかいに、ケートトー組のみんなは町にある中学校に上がり、クラスがわかれてしまう。これからみんなで、サーフィンやボディボードやダイビングやセーリングを習う。ゾフィアのように半分魚みたいな子にとってはぜったい楽しい。ぼくはすっかり人間の男の子だからびくびくしてる。でもだいじょうぶ。前よりはずっとうまくやれるとわかってる。

ぼくがいるのは砂浜《すなはま》においた自分のボートの中だ。ソールさんが手伝《てつだ》ってくれて、ギザギザのところをなめらかにし、救助《きゅうじょ》された時にあちこちこすれてできたきずを直した。なにがあったかきかれなかったし、ぼくも言わなかったけど、ソールさんはいつものようにちょっと変《か》わったぶっきらぼうな口調で、うまく作れてる、いつでも造船所《ぞうせんじょ》に来ていいし、そうすればもっと教えてやると言ってくれた。

クラスのみんなが集まりはじめた。レオは横を走りすぎて服のまま海に飛《と》びこみ、それを見たドモが、完全《かんぜん》にいかれてる、みたいなことを言い、キャメロンが、**砂《すな》の城《しろ》作りはいっしょにやろう**、と声をかけてきて、そんなふうに一日が始まった。ウィンドサーフィンとサーフィン用のボードが砂の上にならんでいる。砂の城作りコンテスト用のバケツとショベルもある。とりあえず、それならぼくもうまくやれそうだ。

ゾフィアが波うちぎわでストレッチしてた。ぼくにむかって手をふり、にっこり笑《わら》ったので、ぼくも手をふりかえす。うしろでなにか音がしたけど、飛《と》びあがったり、あわてて逃《に》げだしたりはしない。新しいカウンセラーは、ぼくがこういう時に前よりうまくやりすごせるように助けてくれている。ジェニーさんっていう親切な女性《じょせい》のカウンセラーだ。あの人のおかげで、いやなことでもきちんと理解《りかい》して、今はもう安心していられるようになった。夜は床《ゆか》のすきまからもれてくる明かりだけで、あとは部屋を暗くして寝《ね》ている。どんなものでも、中にかくれている光が見える。ママがよろこぶと思って、胸《むね》の奥《おく》にある気持ちを押《お》しころしたり、にぎりつぶしたりする必要《ひつよう》もない。今はそういう気持ちを口に出せる。ゾフィアもおなじ。ぼくら四人は、おたがいがいつも安心していられるように気をつけている。

ウェットスーツを着たマレクが、ぼくのとなりに腰《こし》をおろしてうなった。そして、こんなことするにはもう年かもしれないな、つかれもたまってるし、とうちよせる波のような声で言った。ぼくが、うん、そうかもね、と答えると、マレクは、ぼくを、おや、という顔で見て笑《わら》ったので、ぼくも笑った。

ゾフィアが、なにぐずぐずしてるの、早く、早く、とどなった。マレクは立ちあがってまたうなり、命令《めいれい》にはしたがわないとね、幸運を祈《いの》っててくれ、と言った。もう年なんだから、むりしちゃだめだよ、と返したら、マレクは弓矢でぼくの頭をねらうまねをした。そして歩いていってゾフィアと腕《うで》を組んだ。二人ならんで海に入り、泳ぎはじめる。ゾフィアはウェットスーツにオレンジ色の旗《はた》を結《むす》びつけている。マレクの青い旗が日の光を受けてひらめいた。

おそくなってごめん。だれかさんがせっかくのお出かけ着にはいちゃって、とママは言い、ぼくのとなりの砂《すな》の上にすわったので、ぼくはすぐにウラにむかって手をのばした。ウラ。小さくて完璧《かんぺき》なぼくの妹にふさわしい、短くて完璧な名前だ。ウラ・ホープ。ウラはポーランド語で海の宝石《ほうせき》っていう意味で、ゾフィアが考えた。ぴったりの名前だ。ホープは希望《きぼう》。ぼくが考えたミドルネームだ。これもぴったり。

ウラのまっ黒な髪《かみ》と嵐《あらし》の海みたいな目は生まれた時のままだけど、体も声も大きくなっていて、とってもかわいい。ウラにはぼくのなにかがちょっぴり入っていて、ママとマレクとゾフィアのなにかもちょっぴり入ってるけど、ウラはすっかりウラだ。海が大好《だいす》きで、天井《てんじょう》の星の光が大好き。おなかの上のほうに手術《しゅじゅつ》のあとがあるけれど、うっすら赤く光るこのきずがなかったら、あの時、ウラの命がどんなにあぶなかったか、そしてウラがどんなにがんばって、今こうしてぼくらといっしょにいられるようになったのかわすれてしまいそうだ。ゾフィアはこれをサメの歯形って呼《よ》んでいて、みんなには、自分が荒《あ》れた海で妹を助けたんだ、って言ってる。でも、それはちがう。ゾフィアが助けたのはぼくだ。

ぼくはウラに、どうしたら注意深くて、よく考えて行動する、勇敢《ゆうかん》な人になれるか教えてやるつもりだ。なぜって、前はそう思ってなかったけど、今はどれもみんなぼくが得意《とくい》なことだとわかってるから。ゾフィアはウラに、どうすればたくましくて、すばやく動けて、もっと勇敢になれるか教えてくれるだろう。ゾフィアにはそれがぜんぶそろってるし、ほかにもいろんなところがある。そうぞうしくて、ふきげんで、嵐《あらし》みたいに荒《あ》れくるう人が、世界でいちばんやさしい人になれることを、今のぼくは知っている。

ぼくはウラをひざの上にのせ、砂《すな》の上においたボートの中にすわる。そして妹の頭のてっぺんにキスしてみる。ウラは黄色い毛糸の帽子《ぼうし》をかぶっていて、甘くてしょっぱいにおいがする。ぼくは空と海を指さし、フィジーと、そこに旗《はた》を立てるためにぐんぐん泳いでいくゾフィアとマレクを指さした。そして、ほら、あれがお姉ちゃんだよ、とウラの貝がらのような耳にむかって話しかけると、妹はぼくの人さし指をしっかりにぎった。

ゾフィア

お父さんとわたしは、フィジーの上に自分の足で立った。二人がここにやってきた証拠《しょうこ》の旗《はた》が風にひるがえっている。海は手強《てごわ》かったけど、わたしのほうが強かった。お父さんがわたしの肩《かた》をだき、わたしはお父さんの胸《むね》によりかかって、自分のおだやかな心臓《しんぞう》の鼓動《こどう》を感じている。わたしは嵐《あらし》の日に生まれ、今でもまだ竜巻《たつまき》になれるけど、いつも雷《かみなり》みたいにわめくだけでなく、話したり聞いたりすることができるようになってきた。

ふりかえって、きらきら光る海のむこうにいるわたしの家族を見る。ボートの中に男の子と赤ちゃんが、砂《すな》の上には犬と女の人がいる。

わたしはフィジーのギザギザの岩の上に立って手をふる。

みんながいるから、できたんだ。

謝《しゃ》辞《じ》

いつものように、ブルームズベリー・パブリッシング社の児童書部《じどうしょぶ》で、わたしを支《ささ》えてくれたすばらしいチームに感謝《かんしゃ》します。ビアトリス、ジェイド、フリス、ステファニー、アナ、セアラ、マイケル——みなさんはわたしの本の出版《しゅっぱん》にあたって、いつもこの上ないやさしさと忍耐《にんたい》と情熱《じょうねつ》をもってとりくんでくださっています。シドニー・スミスに感謝します。彼《かれ》がその比類《ひるい》ない才能《さいのう》によって、わたしの本の表紙を飾《かざ》ってくれるとは夢《ゆめ》にも思いませんでした。そして、フェリシティ・ブライアン・アソシエイト社のみなさん、中でも、わたしのすばらしい代理人であるキャサリン・クラークと、疲《つか》れを知らないミシェル・トッパムに感謝します。

プロットについてのつっこんだ議論《ぎろん》に応《おう》じてくれ、さらに卓抜《たくばつ》なタイトルを提案《ていあん》してくれたリア・カーデンに感謝します。ロス・モンゴメリーは最初《さいしょ》に原稿《げんこう》を読んでくれた一人であり、ロックダウン中はすばらしいウォーキング仲間《なかま》になってくれました。ありがとう。そして、小児外科《しょうにげか》に関《かん》するわたしの無知《むち》であいまいな疑問《ぎもん》に親切に答えてくれたタズ・サブラマニアンに感謝します。

父と母に感謝します。これまでにもこの気持ちは述《の》べてきましたが、わたしが今あるのはすべて二人のおかげです。

作家である友人たち、とりわけ気持ちがゆらいでいた時にこの本の原稿《げんこう》を読んでくれたヤスミン・ラーマンと、これまで惜《お》しみなく支持《しじ》してくださっている、すべての教師《きょうし》、書評家《しょひょうか》、ブロガー、図書館員、読者のみなさんに感謝します。

いつものように、この地球上でもっともやさしく、もっとも忍耐強《にんたいづよ》い人、パトリック・シンプソンに感謝します。そして、わたしがこの本を書きおえたら子犬を飼《か》うと言った時に反対しなかったことにも。わが家の家具が少しかじられるかもしれないけれど、これはいい選択《せんたく》だったと、たぶんあなたは思ってくれるでしょう。

最後《さいご》になりましたが、ルーシー・マッケイ＝シムにひとこと。あなたと初《はじ》めて会って、クウェイヴアーズをたくさん食べながら話したあの日から、こうしてこの本をともに形にすることができた今日まで、理想的《りそうてき》なわたしの担当編集者《たんとうへんしゅうしゃ》でいてくれたことに感謝します。あなたはもうわたしの担当ではなくなりますが、友人としてこれからも歩んでいけることの幸運をかみしめています。

カチャ・ベーレン

訳者《やくしゃ》あとがき

『ぼくの中にある光』、いかがだったでしょうか？ 原題は“*The Light in Everything*”、イギリスの気鋭《きえい》の児童《じどう》文学作家カチャ・ベーレンが二〇二二年に発表した作品の全訳《ぜんやく》です。

主人公は二人、十一歳《さい》の女の子と男の子、ゾフィアとトム。外向的《がいこうてき》で活発なゾフィアは、生まれてまもなく母親を亡《な》くしているものの、父親との二人暮《ぐ》らしを楽しんでいました。対照的《たいしょうてき》に内向的《ないこうてき》なトムは、父親と別《わか》れ、ようやく母親との安心できる生活を始めたところ。二人ともこのままがいいと思っていたのに、親同士《どうし》の交際《こうさい》によって、意に反した四人家族としての暮らしが始まります。トムは父親との経験《けいけん》から闇《やみ》を怖《こわ》がり、人間関係《かんけい》に不信感《ふしんかん》を抱《いだ》いていますが、街《まち》を離《はな》れて、海辺《うみべ》の小さな集落にあるゾフィアの家での暮《く》らしが始まると、少しずつ心がほぐれていきます。一方、家の前の海で泳ぐのが好《す》きでやんちゃなゾフィアは、大好きな父親との生活が乱《みだ》されたことに怒《いか》りをおぼえます。しかし、一見、怖いもののないように見えるゾフィアも、じつは心の中に恐怖心《きょうふしん》をかかえていたのでした。

はじめは怒《いか》りや不安《ふあん》にふるえていたそれぞれの心の声が、しだいに響《ひび》きあい、お互《たが》いの、そして、自分自身への理解《りかい》と信頼《しんらい》につながっていく様子が、率直《そっちょく》で詩的《してき》な言葉で綴《つづ》られていきます。また、二人の内面だけでなく、海でのできごとやボート作り、新しい命の誕生《たんじょう》、暗い船底《ふなぞこ》、深夜の会話など、記憶《きおく》に残《のこ》る出来事や場面がたくさんあるのも魅力《みりょく》でしょう。そして、ともに医師《いし》であるゾフィアの父親とトムの母親の二人への接《せっ》し方《かた》は、子どもに媚《こ》びることなく、でもとても暖《あたた》かくて好感《こうかん》がもてます。小さな学校の級友たちの存在《そんざい》も微笑《ほほえ》ましく、また日本の読者にとっては、千羽ヅルのエピソードがちょっぴり誇《ほこ》らしく感じられるのではないでしょうか。光と闇《やみ》、海の冷《つめ》たさや潮騒《しおさい》など、五感を刺激《しげき》するモチーフが随所《ずいしょ》にちりばめられているのも印象的《いんしょうてき》です。

ちなみに、猫《ねこ》のフリーダと犬のパブロの名は、それぞれ、メキシコの画家フリーダ・カーロとスペインの画家パブロ・ピカソからとっていると思われます。

原作者のカチャ・ベーレンは、一九八九年ロンドン生まれ、大学で英文学《えいぶんがく》を、大学院で文章が自閉《じへい》スペクトラム症《しょう》の児童《じどう》に与《あた》える影響《えいきょう》を研究し、児童心理学に興味《きょうみ》を持ちます。その後、特別支援《とくべつしえん》学校やホスピスなどの社会福祉施設《ふくししせつ》で働《はたら》いたのち、二〇一五年に、さまざまな発達障害《はったつしょうがい》をもつ人たちの芸《げい》術《じゅつ》活動を支援する、“Mainspring Arts”という慈善団体《じぜんだんたい》を共同《きょうどう》で立ちあげました。二〇一九年に発表した最初《さいしょ》の長編《ちょうへん》『ぼくたちは宇宙のなかで』(“*The Space We're In*”こだまともこ訳《やく》、評論社《ひょうろんしゃ》)は、そうした経験《けいけん》を生かし、自閉スペクトラム症の弟との日々を兄の目から描《えが》いたもので、すぐれたデビュー作に与《あた》えられるブランフォード・ボウズ賞《しょう》の最終候補《さいしゅうこうほ》となりました。そして、翌年《よくねん》、二〇二〇年に発表した二作目の『わたしの名前はオクトーバー』(“*October, October*”同前)で早くもイギリスでもっとも権威《けんい》のある児童文学賞《じどうぶんがくしょう》のひとつ、カーネギー賞を受賞《じゅしょう》します。この作品では、森の中で父親と暮《く》らしていた少女オクトーバーが、都会での生活が忘《わす》れられずに家を出ていった母親と暮らすはめになります。彼女《かのじょ》の揺《ゆ》れる心の内をていねいに描いているのが印象的《いんしょうてき》でした。

いずれも、主人公の心の声をリズミカルでうねるような独白調《どくはくちょう》の文体で表現《ひょうげん》し、注目されましたが、本作では、それを二人の主人公に分けることで、さらに重層的《じゅうそうてき》な作品を生み出し、二年連続《れんぞく》カーネギー賞《しょう》の最終候補《さいしゅうこうほ》となりました。読者は二人の心の中を交互《こうご》にのぞきこみ、共感《きょうかん》したり、反発したりしながら、少しずつトムとゾフィアを理解《りかい》していくことになります。十歳《さい》前後の不安定《ふあんてい》で多感な時期の子どもの心を一人称《いちにんしょう》で描《えが》きわけることはむずかしいと思いますが、ベーレンは、限《かぎ》られた語彙《ごい》で意図《いと》的《てき》に情報《じょうほう》を絞《しぼ》り、矛盾《むじゅん》や迷《まよ》いを伝《つた》える文章を連《つら》ね、しかも児童《じどう》文学として成立《せいりつ》させるという、とてもむずかしいことをやってのけています。

私見《しけん》ですが、ベーレンは、デビュー作で自らの研究によって得《え》た知見をもとにした物語を書き、二作目の「オクトーバー」ではプロの書き手として完成度《かんせいど》の高い作品を、そして、その二作の流れをくむ本作では、前二作から一貫《いっかん》して感じられる、子どもの個性《こせい》というテーマを発展《はってん》させ、より普遍的《ふへんてき》で、深みのある作品を提示《ていじ》してくれたと思います。ゾフィアと父親の関係《かんけい》は、オクトーバーと父親の関係を彷彿《ほうふつ》とさせますし、トムと母親の関係は、そのネガであり、また、トムには、「宇宙のなかで」の自閉《じへい》スペクトラム症《しょう》の弟、マックスと重なる部分があります。ベーレンは、この初期《しょき》の長編《ちょうへん》三作で、家族や友人との生活の中で、「迷《まよ》いながらも誠実《せいじつ》に自分とむきあう幼《おさな》い主人公たち」というテーマと、それを描《えが》くスタイルの確立《かくりつ》に、一定の成果《せいか》を得たのではないでしょうか。

また、二〇二二年に発表した『ブラックバードの歌』(“*Birdsong*”千葉茂樹《しげき》訳《やく》、あすなろ書房《しょぼう》)は、音楽への夢《ゆめ》をあきらめない少女を描《えが》いた印象的《いんしょうてき》な小品ですが、原作本が、学習障害《しょうがい》のある人たちが読みやすいように、クリーム色のページにユニバーサルデザインフォントで印刷《いんさつ》された作品であることも、この作者の立ち位置《いち》をよく示《しめ》しています。

ベーレンはその後も意欲的《いよくてき》に作品を発表していて、今後も目が離《はな》せない作家の一人です。

最後《さいご》になりましたが、この作品の企画《きかく》を認《みと》めてくださり、ていねいな編集《へんしゅう》作業をしてくださった三輪侑紀子さんはじめ岩波書店児童書編集部のみなさん、原書とのつきあわせや訳語《やくご》の提案《ていあん》をお願《ねが》いした安達妙香さん、ありがとうございました。そして、この本を読んでくださった読者のみなさんに心からの感謝《かんしゃ》を。

二〇二四年十一月

原田　勝

カチャ・ベーレン
1989年、ロンドン生まれ。大学で英語学を学び、大学院では自閉スペクトラム症の児童の行動に文章がおよぼす影響について研究した。特別支援学校や社会福祉施設で働き、2015年に発達障害を持つ人たちの芸術活動を支援する慈善団体を共同設立。20年、デビュー作『ぼくたちは宇宙のなかで』(こだまともこ訳、評論社)がブランフォード・ボウズ賞の最終候補となり、22年に『わたしの名前はオクトーバー』(同上)でカーネギー賞を受賞。その翌年、本書でふたたびカーネギー賞最終候補となった。

原田 勝
1957年生まれ。東京外国語大学卒。翻訳家。ヤングアダルト小説を中心に英語圏の児童書の翻訳を手がける。訳書に『弟の戦争』(徳間書店)『ペーパーボーイ』『夢見る人』『クロスオーバー』(以上、岩波書店)ほか多数。また絵本の訳書に『セント・キルダの子』(岩波書店)、『ぼくは川のように話す』(偕成社)などがある。

翻訳協力・章見出しデザイン　安達妙香

ぼくの中にある光　カチャ・ベーレン

2024年11月15日　第1刷発行

訳　者　原《はら》田《だ》 勝《まさる》

発行者　坂本政謙

発行所　株式会社 岩波書店
〒101-8002 東京都千代田区一ツ橋2-5-5
電話案内 03-5210-4000
https://www.iwanami.co.jp/

印刷・三秀舎　カバー・半七印刷　製本・松岳社

ISBN 978-4-00-116053-6　　Printed in Japan
NDC 933　250p.　19cm